竜の姫ブリュンヒルド

東崎惟子

［絵］あおあそ

『よくぞきた。最も美しき巫女よ』

BRUNHILD THE DRAGON PRINCESS

『我らをお守りくださる感謝として、
いつものように、貢物をお持ちしました』

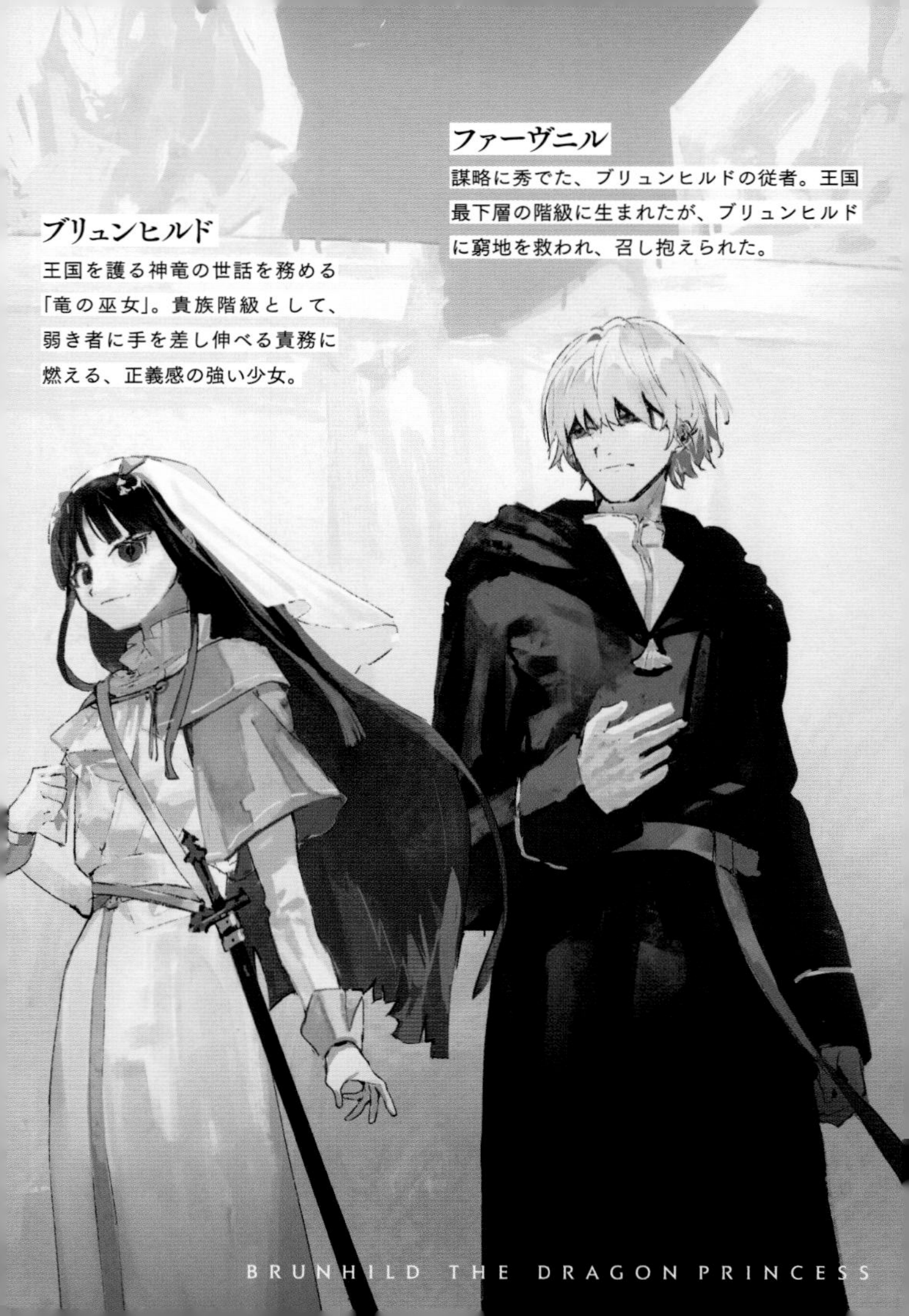

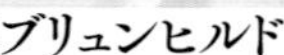

ファーヴニル
謀略に秀でた、ブリュンヒルドの従者。王国最下層の階級に生まれたが、ブリュンヒルドに窮地を救われ、召し抱えられた。
ブリュンヒルド
王国を護る神竜の世話を務める「竜の巫女」。貴族階級として、弱き者に手を差し伸べる責務に燃える、正義感の強い少女。
BRUNHILD THE DRAGON PRINCESS

スヴェン
長槍の腕は王国一と名高い、シグルズの従者。
神竜への信心は篤く、しかしそれ以上に主シグ
ルズへの忠節を誓う敬虔な騎士。
シグルズ
国民への責任感に溢れた、ノーヴェルラント
王国の王子。幼馴染みであるブリュンヒルド
のことを尊敬し、大切にしている。

ブリュンヒルドは思った。

――私が竜の巫女になったのは、
きっとこの時のためだったんだ。

BRUNHILD THE DRAGON PRINCESS

CONTENTS

Illustration : Aoaso

Cover Design : Shunya Fujita(Kusano Design)

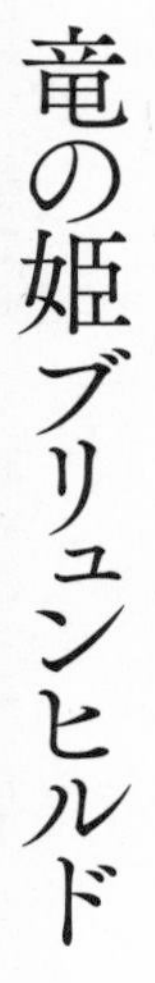

BRUNHILD

東崎惟子

[絵] あおあそ

A strange and cruel fate of Brunhild.
She served the guardian dragon,
and discovered its darkest secret.

序章

雨の音だけが聞こえていた。

路地裏にゴミのように打ち捨てられている若い男がいた。

事実、その男はゴミであった。

男には人を想う気持ちというものがなかった。人を信じれば、死ぬ環境に生まれたからかもしれない。他人の痛みを思いやるという機能が育たなかった。

だからだろうか。男は人を騙し、陥れることに長けていた。心の欠落と謀略の相性が良かったからだろう。

男は人を騙し、利用し、殺して生きるようになった。謀殺と暗殺を生業とし、かなりの金を稼いだ。

そして今、その報いを受けている。

いつかこういう日が来ると男にはわかっていた。

人を陥れる者は、いずれ自分が陥れられる。わかっていたから極力、他人と関わらず、警戒して生きてきた。それでも避けられぬ報いが男の身を襲った。

男は背中を斬られていた。流れる血は雨水と交じって、広がっていく。

今は冬だったはずだ。真冬の雨は氷のように冷たいはずだ。

だが、もう寒さも冷たさも感じない。

目もうまく像が結べなくなってきた。

最後にぼやけた視界で見たのは、遠くから駆けてくる黒髪の少女の姿だった。

意識が落ちる前、雨の匂いに混じって仄かに甘い香りがした。


目が覚めた男は、どこかの屋敷の一室にいた。

今日まで自分が根城にしていたどの場所よりも上等な部屋。清潔なベッドの上に寝かされている。身にかけられている毛布も、きっちりとした厚みがある。値の張るものだと一目でわかった。部屋は暖かく、暖炉で薪が爆ぜる音が聞こえた。

どうしてか助かったらしい。

上体を起こそうとすると、強烈な痛みが走った。仕方なく顔を動かして状況を把握する。

少女がいた。

齢は九歳くらいだろうか。身を包んでいる服は、貴族のドレスであった。

雨に打たれている男が、ぼやけた視界の中で見た少女だ。

少女はベッドの傍らに腰を掛けて眠っていた。

そこで男は、自分の手に温かいものが触れていることに気付いた。

見れば、少女の両手が男の手の上に重ねられていた。眠っていながら、少女は男の手を緩やかに握っている。

まるでぬくもりを分け与えるかのように。

少女の手は、男のそれよりずっと体温が高かった。

(……気色が悪い)

男は手を払った。

手を払われて、少女が目覚めた。

しばらくは寝ぼけている様子でふらふらと頭を揺らしていたが、男が目覚めていることに気付いて、大きな瞳を見開いた。

「よかった！　目が覚めたのね」

男が目覚めたのを、少女は我が事のように喜んだ。

「私はね、ブリュンヒルドって言うの。あ、そうだ。起きたらお医者様を呼んでこないといけないんだったわ」

少女はパタパタと部屋を出ていった。

(ブリュンヒルド……)

その名は知っている。

この王国において、王族にも近しい階級である巫女（みこ）の一族。

その娘の名前がブリュンヒルドだったはず。

なるほど。それならば、男がいる部屋が高級な調度品ばかりなのも頷（うなず）ける。

ブリュンヒルドに連れられて医者がやってきた。医者は男の状態を診ると、三か月は安静にするようにという診断を下した。命があったのが奇跡らしい。

医者が去った後、少女は拙いながらも懸命に男の状況を説明した。それで男はようやく理解した。

自分は、この娘に助けられたのだ。

ブリュンヒルドの乗る馬車が男の倒れていた路地裏の近くを通った。窓の外を見ていたブリュンヒルドがたまたま倒れている男に気付いたのである。

「私が助けていなければ、あなたは死んでいたんだからね」

ブリュンヒルドは小さな胸を張った。

優しい娘だった。この男を助けるにあたって「そんな下賤（げせん）の輩（やから）は放っておきなさい」と少女の母親は反対をした。だが、ブリュンヒルドは「傷付いている人を放っておけない」と反対を押し切ってまで男を助けたのである。

感謝するべきなのだろうが、むしろ腹立たしい気分だった。

（金持ちの道楽で、命を救われたというわけか）

この男には感情がないわけではない。優しさは欠けているくせに、悪感情だけはよく抱く。

善人は嫌いだ。

「あなたの面倒は私が見るわ。お母様とそういう約束をしたから。自分で世話できないなら、拾っちゃいけませんってお母様が意地悪を言うのよ」

まるで捨て犬か何かのような口ぶりだった。それに気を悪くしたというわけではないが、男は少女に言葉を返さなかった。交流を持つ気などない。

だが、少女は何を勘違いしたのか、気遣うようにこう言った。

「ご飯を食べたら、喋る元気が出るわ」

少女は食事の支度を始めた。召使いに命じて野菜のスープや煮込んで蕩けるほどに柔らかくなった肉料理を用意させた。それを少女はスプーンにのせて、男の口へと運んだ。男は体がまともに動かなかったから、食べさせてもらうほかなかった。

ブリュンヒルドは小さな体で、甲斐甲斐しく男の世話をした。

「民に優しくするのが巫女なのよ。私も大きくなったら巫女になるんだから」

すぐに飽きるだろうと男は思っていたが、少女は毎日欠かさず男の世話をした。夜になると疲れ果てていて、同じ部屋にあるソファーで寝た。「一人で寝るのは怖いものね。私も小さい頃、そうだったわ」

来る日も来る日も、少女は男の世話をした。小さい体で懸命だった。

そのおかげで、男は体力を取り戻していった。

「ありがとうくらい言ったらどうなのよ」

少女の言い分は尤もだ。

だが、変わらず男の中には少女への感謝などない。

「ありがとう」という言葉は教わらなかった。

言葉の意味は知っている。「ありがとう」とは、油断することである。劣悪な環境で育った彼にとって、油断は即ち死を意味していた。

男は感謝をするどころか、ブリュンヒルドをどう利用できるかの計算を始めていた。

男は王国の暗部で生きてきた。そして裏切られて死にかけた。彼を裏切った者に生存を知られれば、また命を狙われるかもしれない。

だが、この家にいる限りは安全だ。

ブリュンヒルドは巫女の娘。巫女というのは、この国を守る竜から託宣を受けられる唯一の存在だ。地位が高いから、暗部の人間ではこの屋敷に手を出しづらいだろう。可能な限り、この屋敷に留まろうと男は画策した。

が、画策などする必要はなかった。

「ねえ、あなた、私の従者にならない？」

ブリュンヒルドの方から、そう声をかけてきた。

彼女がそう言いだしたのには理由があった。いよいよ母親が男を追い出そうとし始めたのである。男の体力は戻ってきたが、まだ自由に動き回れるほどではない。だから、自分の従者にすることで男の居場所を守ろうとしたのだった。

（愚かな娘だ）

そう思ったが、これを利用しない手はない。

承知の意味を込めて男は頷いた。

「やった！　それじゃあ今日からあなたは私の従者よ」

ブリュンヒルドの目がキラキラと輝く。実は、娘には無垢な下心があった。

男が知る由もないことだが、ブリュンヒルドは前々から自分の専属の従者が欲しいとも思っていたのである。彼女の幼馴染が専属の従者を従えているのをずっと羨ましく思いながら眺めていた。その幼馴染と従者は、親友のように仲が良いのだ。

ブリュンヒルドも、そういう従者が欲しかった。

「従者なら、名前を聞いておかないとね」

馴れあうつもりなどない。だが、今は少女の言うことに理がある。

「……ファーヴニル」

それが男の名だった。

本当の名ではない。暗殺者だった男に付けられた蔑称である。

由来は、神話に出てくる邪悪な竜だ。

やがて、ファーヴニルはベッドから降りられるようになった。杖を突きながらだが歩けるようにもなった。

だが、傷は完全に癒えることはなかった。

古傷のせいで、ファーヴニルは運動ができなくなってしまっていた。体の一部が人形のように動かない。戦いなどもってのほか。かつての仕事に戻ることは不可能だ。

けれど、ファーヴニルはそれでもかまわないと思った。もともと好きで汚れ仕事をしていたわけではない。そうしなければ生きられなかっただけなのだ。

今の彼には、従者という仕事がある。これをこなす限りにおいて、彼の衣食住は保障される。それで充分だから、ファーヴニルは粛々と従者の仕事をこなした。

従者として過ごすうちに気付いたことがある。

ブリュンヒルドが度し難いほどの善人だということ。

屋敷にはファーヴニル以外にも彼女に助けられた人々がいた。

ブリュンヒルドは町で飢えている者がいればパンを分けてやり、倒れている者がいればそれが如何に汚らしい身なりであっても、ドレスが汚れるのも気にせず助け起こした。

その輝かしい姿を、男は遠い景色を見る目で眺めていた。

娘は自分とは違う世界の生き物だった。

ファーヴニルは従者でありながら、ブリュンヒルドの家庭教師を務めるようにもなった。

彼は知恵と知識に富んでいたのだ。歴史学、宗教学、帝王学、軍事学、政治学、生物学、その他さまざまな学問に精通しており、特に薬学の理解はずば抜けている。馬術の心得まであった。

勉強を教えられるたび、ブリュンヒルドは驚く。

「いったいどこの学院で学んだの？」

「独学です」

学院で修めたものではない。身分を偽って人を騙して近づき、殺すために勉強したのである。

邪悪な動機で身に着けた知識だったが、正確さは学者にも引けを取らない。

ファーヴニルはまるで何でも知っているかのようだった。

だが、ブリュンヒルドは言った。

「難しいことをたくさん知っているのに、簡単なことは知らないのね」

「と、仰いますと」

「人を好きになったことがないでしょ？」

子供という生き物は、稀に大人を凌駕する観察眼を発揮する。おそらく少女は従者と友達のように仲良くなりたいと思っていたから、彼が築いている見えない壁に気付いたのだろう。

「ありません。私には無縁の話です」男は淡々と答える。

「そうなんだ……」

ブリュンヒルドは呟く。

「それはとても寂しいね」

深い意図などあるはずがない。子供の戯言。なのにファーヴニルの核心を突いていた。

人を好きになれない。

それは寂しいことだし、

「ええ。間違っていることでもあります」

物心がついた時には、彼はこういう性分だった。

王国で最下層のアルタトスと呼ばれる身分に生まれ、貧しい生活を強いられたことが彼の人格形成に影響を与えたことは間違いない。だが、それだけが理由ではない。身分が低くても、暗部に生きていても、他人を好きになれる人間はごく普通に存在する。

どうして人を好きになれないのか。

それを考えるたびに、妹のことを思い出す。

妹が死んだときのこと。

彼女はこの王国独自の儀式のために死んだ。

その頃は母がまだいた。母は泣いた。娘を愛していたのだ。

だが、男――当時は少年だったが――は泣かなかった。

死んでしまったものは悔やんでも戻ってこない。自分にできることは妹の死から、自分が儀式に巻き込まれない術を学ぶことだと考えた。そう考えていることを母に言った。

母は言った。

「お前、心が欠けているのね」

母は続けた。

「妹が死んだのに、涙も流せないなんて。悲しくないの？」

少年は全く悲しくなかった。

涙が零れるどころか、瞳が潤む気配もない。こみあげてくるものとやらもない。

胸が痛くなったり、苦しくなることもない。

だが、妹が嫌いだったのかと聞かれればそうではない。少なくとも仲は悪くなかった。むしろ妹には低い身分から脱して人並みの幸せを摑んでほしいと考えていたはずだ。

だから、少年にもわからない。

何故涙を流せないのか、悲しめないのか。

母は涙を流し、悲しみながら言った。

「治さなくてはいけないね」

それで少年は理解した。

自分は人の心がなくて、おかしいことを。

きっとそうなのだろう。涙を流せて、悲しむことができる人間が言うのなら正しいのだろう。

他人を好きになること。それは騎士道物語やおとぎ話にも書かれる美徳だ。

ならば、きっと自分は妹のことを好きではなかったのだろう。

悲しめないということは、好きでなかったことの裏返しなのだから。

だから、その時に少年は夢を諦めた。

その夢を叶(かな)えるには、人を好きになる必要があったから。

ブリュンヒルドとの会話で、それらの記憶が蘇(よみがえ)った。つまらぬ記憶である。

ファーヴニルは無表情だった。少なくとも本人はそのつもりだった。だが、ブリュンヒルドは彼の微(かす)かな感情の機微を読み取ったように言った。

「私を好きになったらいいよ。そうしたら寂しくなくなるわ」

男は心の中で毒づいた。

（それで人を好きになれるのなら苦労はしない）

だが、同時に思った。

本当に好きになれたなら。

ブリュンヒルドの姿が妹と重なる。


一年後のある日、ブリュンヒルドの母が死んだ。事故だった。

ブリュンヒルドは母親のことが大好きだった。母の死はショックに違いなかった。

だが葬儀の最中も、終わった後も、ブリュンヒルドは泣かなかった。

一瞬、かつての自分と同じかとファーヴニルは思ったが、すぐに違うとわかった。

「死は悲しむことじゃないんだって」

少女は声の震えを抑えようとしていった。

「死は神様のお導きだから。お母様は永年王国へ行っただけ。だから、泣いちゃいけないのよ」

自分に言い聞かせているようだった。

自分とは違うとわかったから、ファーヴニルは言った。

「神などいませんよ」

ファーヴニルは罪深き無神論者だ。超越的な存在を信じない。

「永年王国もありはしません。死ねば終わりなのです。あなたの母上は、土に還る(かえ)だけです」

あまりに残酷な言葉だった。

だが、失意のブリュンヒルドにファーヴニルは言葉を続けた。

「だから、あなたが泣いてはいけない理由はないのですよ」

ブリュンヒルドはファーヴニルを見て、大きく目を見開いた。水の膜が張って、瞳が揺れ始めた。こみあげてくるものがあるようだ。小さな肩も小刻みに震えだした。

「ありがとう、ファーヴニル」

礼を言われる筋合いなどない。男は、論理的帰結を口にしただけなのだ。

死者は永年王国に行っただけだから泣いてはいけないというのなら、そもそも永年王国が存在しなければ泣いてもいいことになる。

……それに、流せる涙があるなら泣いておくべきだ。

男の言葉で少女は泣いた。歳相応にわんわんと泣くことができたのだった。

その日以来、ブリュンヒルドはファーヴニルに懐くようになった。母親が死に、そしてもとよりこの家に父親はいなかった。依存できる相手を探しているのだとファーヴニルは解釈した。

それが好意なのだと、この男はまだ気付けない。

「そんな……」

第一章

母の葬儀から五年の月日が流れ、ブリュンヒルドは十五歳になった。

少女は、母の跡を継ぎ『竜の巫女』となっていた。

ブリュンヒルドらの住む王国は『神竜』と人々に呼ばれる竜によって守られている。

この神竜に貢物をし、託宣を聞くのが、巫女の一族なのだった。

神竜は神殿に祀られ、優雅に暮らしている。拝謁の栄に与れるのは、巫女の血族だけである。


その日の朝。ブリュンヒルドは神竜に会いに行く用事があった。

穢れなき純白を基調とした巫女装束に着替える。だが、神殿へ向かう前に、屋敷にある客室に向かった。

その部屋には少女がいる。歳は八歳くらい。

名前はエミリア。

ブリュンヒルドが三か月前に拾ってきた子だった。町外れで飢えて死にかけていたのを助けたのだ。

最初は喋れなかった。言葉を覚えていなかったのではない。何か酷いショックによって話せなくなっていた。警戒心がとても強くて、食べ物を食べさせることすら困難な有様。屋敷の召使いたちは早々に匙を投げたが、ブリュンヒルドだけが諦めなかった。

来る日も来る日も、ブリュンヒルドはエミリアに向き合った。ブリュンヒルドが近付こうとするだけで、エミリアは暴れる。あっという間にブリュンヒルドの体中が噛み傷やひっかき傷だらけになった。だが、どれだけ痛い目に遭わされようと、根気強く接した。

一応、ブリュンヒルドの従者であるファーヴニルが進言した。

「主が傷を負ってまで助ける価値などないのでは」

「黙っていて」

こういう時のブリュンヒルドは信じられないほど頑固だった。日頃の柔和さなど影もない。凄味のようなものすらファーヴニルは感じた。

この時のブリュンヒルドはファーヴニルに対して明確な敵意を示していたが、それはファーヴニルも同じだった。

ブリュンヒルドが良いことをしようとしているのを見ると苛立つ。

さっさと諦めてしまえと思いながらブリュンヒルドを眺めていた。

だが、結果は全く面白くないものだった。

エミリアはブリュンヒルドに攻撃するのをやめた。

ブリュンヒルドはどれだけ傷を負わされても、一度だって反撃をしなかったし、暴言も吐かなかった。それが結実した。

そこからは早かった。

ブリュンヒルドの手からなら食べ物を食べるようになったし、少しずつだが言葉を話せるようにもなっていった。

エミリアはまるで子猫のようにブリュンヒルドに懐くようになった。こうなると今までとは逆にブリュンヒルドから離れてくれない。

お姉ちゃんと呼んでブリュンヒルドに抱き着く。しがみついて離れない。

「お姉ちゃん、大好き」

甘ったれた声で言う。

エミリアの頭を撫でながら、ブリュンヒルドはファーヴニルに言う。

「ほら、見なさい」

得意げだ。鬼の首を取ったようですらある。

「人には優しくしないといけないのよ」

ブリュンヒルドはこの手の台詞をよく言った。それを聞くたびにファーヴニルは苛立ちを感じる。だが、否定することはできない。彼女がその優しさとやらで孤児たちの心を開けることを証明していったからである。実証される以上、反論できない。

打ち解けてからのブリュンヒルドとエミリアは本当の姉妹のようだった。

ブリュンヒルドにとっても、エミリアと触れ合う時間は楽しいものだったらしく、時間があればエミリアの部屋を訪れていた。

しばしば二人がいる部屋からは歌声が聞こえてくる。エミリアにねだられてブリュンヒルドが歌っているのだ。

ブリュンヒルドの声には不思議な力があった。

優しい詩を口ずさめば聞く者の心を穏やかにし、明るい詩を歌えば聞く者の心を元気にした。

ブリュンヒルドが孤児たちと打ち解けられるのは、本人の優しさももちろんだが、その不思議な声質の恩恵もきっとあった。

エミリアの部屋へ向かう時、ブリュンヒルドはいつも楽しい気持ちになった。だが、今の彼女の足取りは重い。

エミリアの部屋の前に着いても扉を開けることができずに立ち尽くしてしまった。

かなり時間を置いてようやく重い扉を開ける。簡素だが清潔なドレスに身を包んだ少女が部屋にいた。ブリュンヒルドへ振り向いた途端、花のような笑顔が咲く。

「お姉ちゃん」

駆けてきたエミリアは、いつものようにブリュンヒルドの腰に抱き着く。

だが、ブリュンヒルドはいつものように笑えなかった。

子供は大人の表情の変化に敏感だ。エミリアはすぐにブリュンヒルドが何かを憂えているのを察した。

「どうしたの？」

「ううん。何でもないのよ。……今日は約束通り神殿に行こうね」

「うん！　楽しみ！」

少女の笑顔がブリュンヒルドの胸を突き刺す。

「今日からは神竜様の神殿で暮らすんだよね。私、神竜様に選ばれたんだ」

ブリュンヒルドはしばし沈黙した。だがエミリアを不安にさせてはいけないと思い、話を続ける。

「……神殿に行くのやめちゃおうか。二人で王国を旅するの」

「どうして？」エミリアはぽかんとしてから言った。

続けて窘（たしな）められる。

「お姉ちゃんは巫女（みこ）なんだから。ちゃんと私を神竜様の下へ連れていかないとダメよ」

「……うん。そうだね」

自分で言っていても無理のある話だった。竜の巫女（みこ）である自分は、神竜から特別な寵愛（ちょうあい）を受けている。いなくなれば、神竜は怒るだろう。それに、巫女（みこ）は神竜と人間の仲介役でもあるから、いなくなったらみんなが困る。そもそもエミリアを守りながら国を逃げ回る力が自分にないことも明白だ。

ブリュンヒルドの顔を、エミリアが心配そうに覗き込む。

「お姉ちゃん、神竜様に会うのが怖いの？」

自分のことを心配してくれている。好いてくれている。

だが、今はその好意が痛い。

ブリュンヒルドはしゃがんで、エミリアを強く抱きしめた。

「怖くないよ。大丈夫。私が神竜様にお願いしてみるから。明日も会えるようにって。だから、怖くないんだよ」

エミリアの小さな手がブリュンヒルドの背中を優しくさすった。

「私が神殿に住んでも、会いに来てね」

エミリアと共に屋敷を出ると、既に迎えの兵士が待っていた。兵士の傍らには荷馬車。兵士はエミリアの手を引くと、荷台の上にある大きな木の檻に入れた。檻の中には他にも子供たちがいる。

荷馬車が動き出す。

兵士たちによって子供たちが神殿へと運ばれていく。

ブリュンヒルドは別の馬車で、荷馬車の後を追った。

馬車は緩やかな坂を上がって神殿へ着く。兵士たちは入り口のアーチの前に木の檻や宝飾品等を置いて引き返していった。

神殿に入っていいのは、竜の巫女だけという掟があるのだ。

ブリュンヒルドは荘厳なアーチをくぐって神殿に入った。中は埃一つない。巫女が竜のために清潔に保っているのだ。

竜の石像が立ち並ぶ長い廊下を歩いていく。

やがて祭壇に着いたブリュンヒルドは目を閉じ、指を組んだ。

『神竜様、お姿をお見せください』

ブリュンヒルドは人外の言葉で呼びかける。

『竜の言霊』と呼ばれる言語だ。これは竜と意思疎通が図れる唯一の言語で、巫女の一族だけが先天的に獲得する。この言葉が扱えるからこそ、巫女の一族は竜との人間の仲介を任されているのであった。

祈りを捧げ続けると、神殿の奥から巨大な生き物が姿を現した。

体高十五メートルはあろうかという巨大な竜である。

神竜。人々にそう呼ばれている。

白光に輝く鱗を携えた美しい竜だ。皮膚も瑞々しく、生命力を感じさせる。だが、決して若い竜ではない。肉体こそ若々しく見えるが、実際はもう何百年と王国を見守り続けてきた老軀である。

竜はブリュンヒルドを見ると、柔和に瞳を細めた。

『よくぞ来た。最も美しき巫女よ』

『拝謁の栄に与り、恐悦至極にございます。我らを邪竜からお守りくださる感謝として、貢物を持参いたしました』

王国の外には邪竜がひしめいて、神竜はそれから民を守っているのだ。だから崇められている。

『いつものように社の外に、供物を置かせていただきます』

『受け取ろう。そして約束しよう。明日も人々を邪竜から守ると』

ブリュンヒルドは緊張していた。

言わねばならないことがあるのだ。

『恐れながら、神竜様』

目を伏せたまま、ブリュンヒルドは言う。

『なんだ、我が愛しの巫女よ』

『必要ならば、供物を増やします。宝石も国中から集めましょう。糸車を増やし、より多くの

服を縫うことも致します。ですから、どうかお願いです』

ブリュンヒルドは顔を上げた。

『人を生贄とすることだけは……どうか。どうかお許しいただけませんか』

この王国には、月に七人の子供を神竜に捧げる習わしがある。

供物である。

神竜は人を喰うのだ。

エミリアたちは、これから喰われて死ぬ。

喰われるという事実は、子供には知らされない。いちいち教える必要がないから、神竜と神殿で暮らすという嘘で隠されている。

エミリアが供物に選ばれてしまった時、ブリュンヒルドはどうにかそれを回避しようとした。

彼女は特権階級だから強い発言力を持っている。議会に訴えかけて、エミリアを候補から外そうとした。だが、今回だけはうまくいかなかった。

ブリュンヒルドが権力に物を言わせて供物の選定をやり直させるのはこれが初めてではない。もう何度目かわからないのだ。

彼女は今日までにたくさんの孤児を助けてきた。供物は身分が低く、かつ無力な者から選ばれるからどうしても孤児が対象になりやすい。自分が助けた孤児が供物に選定されるたびに、ブリュンヒルドは選定をやり直させてきたのである。

だが、それももう限界だった。いかに特権階級でもこれ以上のわがままは通せないと貴族や大商人からなる議会で言われてしまったのである。

ブリュンヒルドの額を嫌な汗が伝う。

『邪竜からお守りいただいているにもかかわらず、身勝手とは承知しておりますが……』

神竜の反応を窺う。

竜は好々爺のような笑みを浮かべていた。

『巫女よ。お前は優しい子だね』

竜は怒ることはなく、けれど諭すような口調で言った。

『だが、それは叶えてやれないのだよ。私がこの国を邪竜から守る力は、お前たち人間を喰うことでしか得られないのだ。私とてお前たちを喰うことは心苦しい。だが、私が守護の力を失えばどうなるか。賢いお前には説明するまでもないだろう？』

もし竜への生贄を断てば、邪竜が国を襲うと伝承には聞いている。

百年ほど前に、実際にそれは起きている。生贄を止めた時があったのだ。その日の晩に、邪竜が都に入ってきた。刃を通さぬ鱗に、鎧を裂く爪、鉄を溶かす炎を以て、多くの人間を殺したという。書物にも残っている歴史の事実だ。

月に七人の供物で邪竜の侵入を防げるのなら安いものではある。その七人も孤児や低い身分の者から選ばれるから文句は出ない。彼らを助けようという声はない。孤児など成長してもならず者にしかなれないような連中だと多くの人間が思っている。悪人になる前に、意義のある死に方をしてもらった方がいいくらいに考えているのだ。

そんな孤児に肩入れするブリュンヒルドの方が変わり者だ。

『今日の供物には……私の友達も含まれているのです。だから、どうか……』

『おお、それはかわいそうに。今すぐ出してやりなさい。そして代わりの者を連れてくるのだ』

『そういうことでは……』

『では、どういうことだ？』

『ですから、供物を減らしてほしいのです』

それからしばらく言葉のやりとりをしたが、ブリュンヒルドの言葉はのらりくらりとかわされてしまう。

だが、次第に神竜は苛ついてきたようだった。

『あまり我儘を言うものではない』

竜が脅すようにブリュンヒルドに顔を近付ける。双眸に威圧され、ブリュンヒルドはたじろいだ。

『私がその気になれば、お前たちの守護を放棄することもできる。そうすれば死ぬのは七人どころではない』

それを言われればブリュンヒルドは言葉を返せない。

『大体、何を今更気にするのだ。孤児の一人くらいを。今日までお前は何人も私の下へ送り出してきたではないか。彼らはよくて、その一人だけがダメだというのか？　今日まで見て見ぬふりをしてきた人間たちにはどう向き合うつもりなのだ』

神竜の言うとおりだった。

ブリュンヒルドは今日までの供物は見て見ぬふりをしてきていた。

供物の風習はどうにかしたい。だが、邪竜から民を守るためには必要な犠牲と諦めてきた。それでもせめて自分の手が届く範囲の人間は守りたいと思い、自分の知る者が供物に選定されるたびに候補から外してきたが、その時だって代わりに死ぬ人のことを思うと心が痛んでいた。けれど、どれだけ心を痛めようが供物のことを見て見ぬふりをしていたことに変わりはない。

自分の罪をブリュンヒルドは理解している。だから、もう一切の反論ができなくなってしまった。

辛そうにしているブリュンヒルドに、神竜は労わる声音で言った。

『今日の供物でお前の大事な人が一人死ぬ。だが、そう気を落とす必要はない。かけがえのない人間などいないのだから。どんな人間にも代わりがいる。長きを生きる私の経験則に間違いはない。お前はまだ若く、あと何十年と生きるだろう。それだけの時間があれば、孤児の代わりの二、三人は必ず見つかるとも』

そうですねなどと返せるわけがない。

神竜の考えは、ブリュンヒルドにとっては超越的で全く理解できなかった。

わかったのは、説得に失敗したからエミリアが死ぬことだけだ。

諦めて神殿を出る。出入り口のアーチわきに木の檻があった。

檻の中のエミリアがブリュンヒルドを見つけた。そして、ブリュンヒルドに小さく手を振った。檻に入れられて、不安に違いないのに。

やりきれなかった。

神殿を出た後もブリュンヒルドは町に降りることができなかった。

町と神殿の間にある丘にとどまって思い悩んでいた。

このまま町に降りて、日常に戻るのか。

いや、しかし、神殿へ戻ったところでもうできることはない。エミリアを助けることはできない。神竜への反論も思いつかない。

迷っているうちに日が暮れ始めていた。

（……でも、やっぱり諦められない）

もう一度話を聞いてもらえないか。

迷った末、ブリュンヒルドは神殿へ戻ることにした。

そして、後悔した。

ブリュンヒルドが神殿へ戻った時、まさに竜が木箱を破壊し子供たちを喰おうとしていたのである。

幼い悲鳴が聞こえた。

竜はブリュンヒルドに気付かない。子供たちに夢中だった。子供を噛み砕いて、咀嚼した。

神竜の両手には子供が捕まっている。竜が軽く力を入れると、口から血と内臓を噴き出して子供は死んだ。その子供の死体を、竜は卵の黄身でも啜るようにじゅるりと飲み込んだ。

壮絶な光景にブリュンヒルドは声も上げられなかった。

供物のこと、今日まで見て見ぬふりをしてきた。それが、これ以上ない正解だったのだと思い知らされた。

聞き慣れた声がお姉ちゃんと呼ぶのも聞こえたが、恐怖で体が動かない。

もし自分がいるのがバレたら、子供たちのように喰われてしまうのではないか。

ブリュンヒルドがそう思うのは無理もない。なにせ竜は恐ろしい目つきで子供たちを見ていたのだから。ブリュンヒルドと話す時の目つきとは違う。知性あるものに向けるまなざしではなかった。

足が震えていて、立っているのがやっとだった。

やがてエミリアの声も聞こえなくなった。


どうやって町まで戻ってきたのかはわからない。

いつの間にか町の入り口に立っていた。辺りはとっくに暗くなっている。

「ブリュンヒルド。おい、ブリュンヒルド」

声をかける者がいたから、ぼんやりとそちらを見る。

身を包む服はルビーのような赤を基調としたなめらかなシルク。細い指を彩る黄金の指輪。鴉のような漆黒の髪は、王家の証である。

シグルズという少年だった。ブリュンヒルドの幼馴染。一つ年上の十六歳である。竜へ供物を捧げた日は、いつも彼が町の入り口まで迎えに来てくれる。供物を捧げた後のブリュンヒルドの不安定になりやすい心持ちを心配してくれているのだった。

「大丈夫か。心ここにあらずって感じだが……」

シグルズにブリュンヒルドはぼそりと言った。

「私、最低だ」

今日までに送り込んだたくさんの供物たち。助けられないから、関わりが薄い人間だからと見捨ててきたことの罪深さ。助けを求めていたエミリアを見殺しにした情けなさ。

それらがブリュンヒルドを押し潰しそうだった。

耐えきれず、ブリュンヒルドは泣いた。幼馴染(おさななじみ)の顔を見て安堵(あんど)したのもあるかもしれない。シグルズには何が何だかわからなかったが、狼狽(うろた)えながらもブリュンヒルドの背をさすったり、慰めの言葉をかけたりした。


とりあえず落ち着けるところに連れていく必要があると、シグルズはブリュンヒルドを王城へと連れていくことにした。

王城の一室で、シグルズは何があったかを聞いた。

ブリュンヒルドは話を始めたが、どうにも断片的で要領を得ない。シグルズの知るブリュンヒルドは理知的な女性である。話し方にもそれが表れていて、いつも端的で、そしてわかりやすい言葉を選ぶ。その彼女が支離滅裂な言葉しか言えなくなっていることからも相当ショックな出来事があったに違いなかった。

シグルズはブリュンヒルドを急(せ)かしたりせず、根気強く話を聞き続けた。同じ話が何度も繰り返されたり、自罰的な言葉が連続したりしたので時間はかかったが、どうにか事情は理解した。だが、理解したところで解決できる問題ではなかった。

神竜への生贄(いけにえ)をなくすことなどできないのだから。なくせば、王国の外にひしめくという邪竜が人々を襲う。

だから、彼にできることと言えば「生贄は仕方ないんだ」とか「お前は悪くない」と言ってブリュンヒルドを慰めることだけである。

(……なんてこと、わかってはいるんだが)

言えなかった。

シグルズにとってブリュンヒルドは一番大事な友人である。だから、おざなりな言葉などかけたくはなかった。

力になりたいと思った。

それにシグルズだって、供物のことには心を痛めている。子供を騙して喰わせるなど、許されていいはずがない。

ブリュンヒルドが両手で顔を覆い、泣きながら言った。

「私には、もう神竜様が偉大な竜には見えない。アレはただの獣よ」

錯乱状態の妄言と聞き流すこともできるが、シグルズは真摯に受け取った。

「……もし、本当に神竜様がただの獣なら……打つ手が全くないってわけでもない」

ブリュンヒルドが顔を上げた。

「いつかお前が話してくれたこと、覚えているか。王国の外に邪竜なんていないんじゃないかって話」

彼女はシグルズにこういう話をしたことがある。

伝承や書物には、邪竜は黒い翼を携えて空を飛ぶと明記されている。なのに、王国の上空を邪竜が飛んでいるのを見た者は一人もいない。であれば、邪竜は滅んだ可能性が導き出されると。

それをシグルズはよく覚えていた。ブリュンヒルドの自由な想像力に驚かされたのだ。

「お前の仮説が本当かどうか、確かめに……王国の外へ出よう」

ブリュンヒルドがかぶりを振る。

「ダメよ。神竜様の定めた掟を知っているでしょ。掟を破って王国の外に出たら、邪竜が民を襲うとも言われているのよ」

「だから、神竜様がただの獣ならばだ。お前の言うように獣なら、そんな掟に意味なんてないだろう」

自分が大それたことを言っているのはわかっている。神竜はこの王国において神にも等しい存在なのだ。友達の力になりたいからとはいえ神に唾するようなことを口にするのは畏れ多いものを感じた。今にも天罰が下るのではないかとひやひやする。

シグルズの言葉を受けて、ブリュンヒルドは考える。

確かにブリュンヒルドの目には神竜はもう神聖なものには見えない。しかし、だからといって超常的な力を持っていないことにはならない。魔的な力を持っているならばブリュンヒルドらが掟を破ることで民が危険にさらされるかもしれない。

だが、それでもブリュンヒルドは王国の外に出たいと思った。

彼女の耳には、助けを求めるエミリアの声が焼き付いている。

もし邪竜がいないと証明できたなら、神竜に供物(くもつ)を捧(ささ)げる必要はなくなる。神竜が人を喰(く)うのは、邪竜から民を守る力を得るためなのだから。

「力を貸して。シグルズ」

それまで弱々しかったブリュンヒルドの瞳に強い意志が灯(とも)った。

「もう誰も竜に喰(く)わせたくない」

三日後、王国の外へ出るという計画が実行に移された。

ブリュンヒルドらの王国は、ずらりと並ぶ巨大な竜の像に囲まれている。

像と像の間は石灰で設けられた壁が埋めている。だから、像の向こう側の世界は見えない。

像の一つ一つが、大人の男の二十倍以上の高さのため越えることもできない。

これが外界との境界であった。

竜は人には扱えない秘術をいくつも有しており、そのうちの一つでこの長城のような像と壁を造ったとされていた。

ブリュンヒルドとシグルズはそれぞれ信頼できる従者を一人ずつ連れて、竜像の前に集まった。

石造りの竜たちは遥か高くから人々を見下している。それを見上げるブリュンヒルドは何とも言えない気味の悪さを感じていた。

竜像は、悪いものから民を見守るために造られたのだと神竜から聞いたことがあった。けれど、今はむしろこちらを威圧しているように感じてしまう。

(神竜が子供を食べるのを見てしまったからかしら)

だから、竜の形をしたものを見るとそれが石像とわかっていても恐怖を感じるようになってしまったのかもしれない。

「こっちだ、みんな」

シグルズがブリュンヒルドらを先導する。

少し歩くと、壁の一部が不自然に大きな布で覆われた部分に到着した。

シグルズが少し布をめくると、下から僅かに外界の景色が見えた。

「壁が壊されているの?」とブリュンヒルドが驚く。

「ああ。つい先日、町の学者が爆薬で壊したんだ」

その学者は、かねてより王国は外界と交流を持つべきと主張していた。閉ざされた世界で神竜に従うばかりでは発展に限界があるという彼なりの正義に従って壁を壊したのである。

「その学者は、どうなったの……」

「わかるだろう。言わなくても」

死罪以外にありえない。

この竜像は神竜が造った神聖なもの。平民以下の身分の人間は近付くだけでも死罪なのである。それを壊したとなれば、裁判すら行われまい。

「……本当に行くのですか、ブリュンヒルド様」

ブリュンヒルドの従者、ファーヴニルが尋ねる。

「竜像を越えるなど、巫女としての自覚に欠けていると言わざるを得ません。亡き母上が知ればどれほど悲しまれることか」

「巫女失格だなんて、今更よ。私にはもう竜の巫女を務める自信がないから」

神竜がどうやって人間を食べるのか知ってしまった。知った以上、もう素知らぬ顔で子供たちを差し出すことなどできない。

ファーヴニルはそれ以上の諫言はしなかった。主の決定に逆らう気はない。従者の立場から一応諫めたが、ブリュンヒルドが外に出ると決めているのなら従うだけだ。

その一方で、シグルズが連れてきた従者は違った。

「王子。今からでも遅くはありません。やめましょう、竜像の外に行くなど。どんな天罰が下るか」

きらめく黄金のような髪の男。筋骨隆々とした肉体に、見上げるほどの背丈。長槍を携えている。

名はスヴェン。シグルズ王子の従者で歳は十八歳だ。

スヴェンは神を尊ぶ若者である。由緒正しき騎士の生まれで、神竜の敷いた掟も敬虔に守って生きてきた。

「シグルズ様だってご存じでしょう。百年前、邪竜が王国内に入ってきたことがあると。当時の王族が領土拡大を目論んで外に出たからです。歴史を繰り返してはいけません」

敬虔な騎士だが、彼には弱点があった。

「頼む、スヴェン。同行してほしい」

シグルズが頼む。それでスヴェンはたじろぐ。

「いや、しかし……」

「邪竜と出くわしても、お前の槍があれば乗り切れると思うんだ」

スヴェンは悩んだ後、ため息を吐いた。

「……まったく。今回だけですよ」

スヴェンは神竜信者ではあるが、それ以上に主への忠節を誓っている。故に主に頼み込まれると弱い。

ブリュンヒルドがスヴェンにお礼を言う。

「ありがとう、スヴェン。あなたは王国に並ぶ者がないとまで言われる騎士。同行してくれるととても心強いわ」

ふふっとスヴェンは照れ臭そうに笑った。もともと頼られるのは好きな性分でもある。

「かしこまりました。この槍に誓って、お二人の身の安全は保障いたします」

話がまとまったところで、ファーヴニルが呼びかけた。

「そろそろ壁の外へ出ましょう。いかに我々が壁に近付くことを許されている身分といえど、民に見られないに越したことはないですから」

「そうだな。早く外に出てしまおう」

四人は壁を覆っていた布をめくると、王国の外に出た。

「わぁ……」

感嘆の声を漏らしたのは、ブリュンヒルドだった。

四人は初めて地平線というものを見た。壁に遮られることなくどこまでも大地が広がっている。ブリュンヒルド以外の三人もため息こそ漏らさなかったものの、心の中では感嘆していた。下るという天罰のことも忘れてしまう景色だった。

周囲を見渡すが、邪竜がいる様子はない。大きな動物の姿はなかった。

散策を始めようと先導するブリュンヒルドをシグルズが止めた。

「俺の後ろに。四人の中でお前が一番非力なんだ」

ブリュンヒルドとて戦いの技術は身に着けている。今も無防備ではない。腰から提げている剣ファルシオンをいつだって抜刀できる状態ではある。

だが、こうして腕を強く掴まれると、自分の非力を感じざるを得ない。

「そうね」と言って、ブリュンヒルドは大人しくシグルズの背後に移動した。

シグルズとスヴェンを先頭に、四人は進んだ。草原を歩き、森を抜け、丘を越える。

やはり邪竜の姿はない。

「どうやら絶滅説が濃厚になってきたな」

探索をしていると日が暮れそうになった。壁の外には灯となるものは何もない。真の闇に包まれることは明白だったから、すぐに壁の出入り口に戻った。王国に入りながらブリュンヒルドが言う。

「次は馬を準備しましょう」

「まだやる気なのか？　あれだけ歩き回ったんだ。今日一日で邪竜がいないのはわかったと思うが」

「たまたま出くわさなかっただけかもしれないわ。少なくとも三回は調査したい」

結局、その日は天罰らしきものは下らなかった。

翌日、四人はシグルズの準備した馬で壁の外に出た。

調査は三回では済まなかった。念には念を入れたがるブリュンヒルドによって、日を改めて五回行われた。馬に乗って、かなりの広範囲を移動したが、やはり邪竜などいない。時折、野生の動物に出くわすだけであった。

野兎が草原を駆けている。森から聞こえる鳥の囀り。ふわふわと蝶が舞っていた。長閑なものだった。

「これだけ探し回っていないのなら、少なくとも邪竜は近辺には生息していないわ」

「ああ。邪竜がいないことの証明には十分だと俺も思う」

「シグルズ、私はこのことを神竜様に報告して来ようと思う」

邪竜がいないことが証明できたのだから、もう供物を捧げなくて済むはずだ。

壁の外を念入りに調査した。神竜が何を言おうと説き伏せられる自信がブリュンヒルドにはある。

だが、シグルズは心配そうである。

「……もし、神竜様がお前の話に聞く耳を持たなかったら？　邪竜がいないことが証明できても……それ以前に俺たちは王国の外に出てはならないという掟を破ってもいるんだ」

神竜は掟を破った者に天罰を下すといわれている。

「お前が喰われるようなことになれば……」

シグルズの言葉でブリュンヒルドはエミリアが喰われた時のことを思い出す。脂汗が滲み出てきて、動悸が早くなった。いかに神竜の寵愛を受けているとはいえ、掟を破ったとなれば喰い殺されるかもしれない。

けれどブリュンヒルドは神竜に話をしにいくと決めていた。

話し合いで解決できるなら、それが一番早い。例えば神竜に隠れて王国の外に拠点を作って移り住むというような作戦も立てられるけれど、そんな気長なことをしていては何人が犠牲になるかわからない。

「もしも私が帰ってこなかったら……その時はいよいよ神竜様は話すら通じない獣ということだわ。シグルズ。後のことはあなたに任せるわよ」

「馬鹿を言うな。やはり今日ばかりは俺も一緒に……」

「ううん。あなたは残って。これは私が始めたことだから。天罰が下されるとしても、あなたを巻き込みたくない」

天罰に巻き込まれることなどシグルズにとっては大した問題ではなかったが、ブリュンヒルドは頑なにシグルズの同行を許さなかった。こうなったブリュンヒルドはシグルズにも説き伏せることはできない。

ブリュンヒルドの声にシグルズは逆らい難いものを感じる。

彼女の声は怒っているわけでも、威圧的なわけでも、カリスマがあるわけでもない。なのにどうしてか、その声に従うのが生き物として当然のように感じてしまうのである。

だが、シグルズはその声に抗った。大事な友人が喰い殺されるのかもしれないのだから、頑なに食い下がる。

「お前が何を言おうと、これだけは絶対に引かない」

二人は完全に平行線だった。

随分と時間が経って、いよいよブリュンヒルドがため息を吐いた。

「……わかった。私の負けよ。今晩、一緒に神殿へ向かいましょう」

それでシグルズはようやく納得した。そして彼女を守るための槍を用意し、修練場で体をあたためて約束の時間を待った。

だが、ブリュンヒルドが来ることはなかった。

折れたように見えたのは嘘で、彼女は昼間のうちに一人で神殿へと向かっていた。

竜の像が立ち並んでいる廊下を抜けて、ブリュンヒルドは神竜に会った。

ブリュンヒルドはまず壁の外に出たことを謝罪した。だが、シグルズらが同行してくれたことは話さなかった。天罰が下るとしても、自分ひとりにしたかったからだ。

『なんと……』

唖然としている竜に、ブリュンヒルドは順序だてて、わかりやすく説明を行う。

邪竜がいないこと、もう守っていただく必要はないこと。

そして、

『神竜様が人を喰う必要もないのです』

生唾を飲む。

話が通じる相手なら、これで神竜への供物を止められるはずなのだが。

神竜は思いつめたような表情をしていた。曇った顔が変わる様子は全くない。

やがて、竜は言った。

『何ということをしたのだ、ブリュンヒルド。お前がこうも愚かしい娘だとは思わなかった』

『し、しかし、五回も探索をしたのです。馬の脚でとても広い範囲を駆けました。けれど、邪竜は一匹もいなかった。滅んだに違いありません』

『邪竜がいるかいないかなどどうでもいい。お前が壁の外に出たことを嘆いているのだ』

竜は鰐のように大きな顔をブリュンヒルドに近付けた。

『掟を破ったことが問題だ』

竜の息がブリュンヒルドの髪と服をはためかせた。

『お前は賢い。だが所詮は人間。人の知恵と理解が及ばないことがこの世界にはある。壁の外に出てはならない掟も、その一つ。お前は余計なことを考えず、掟に従っていれば良かったのだ。今宵、王国は邪竜に襲われるだろう』

『いない邪竜が、どうやって人を襲うというのです』

『邪竜はいる』

『どこにですか』

『お前が知る必要はない。ブリュンヒルド。今宵は神殿に残るのだ。町に戻れば、邪竜に襲われることになろう。私はお前を失いたくない』

『いいえ。町に戻ります。神竜様のおっしゃるように邪竜の襲撃があるとするなら、なおさらです。町が襲われるのは私の責任ということになるのですから。私だけ逃げるわけにはいきません』

眼前の巨大な竜にも、ブリュンヒルドは物怖じすることなく堂々と言った。その意思の強い目を前にしては、竜は退くほかなかった。

『ならば今宵はお前が最も安心できる相手と過ごすがいい。邪竜の夜を越えられるように』

竜は神殿の奥へと去っていき、ブリュンヒルドは町へと降りた。

夜になって、ブリュンヒルドはシグルズの下へ向かった。彼はこれから神殿へ向かうものと身支度を整えていたが、生憎、ブリュンヒルドは既に神竜と会った後だった。

「次にこういうことをしたら許さない」と言ったシグルズの声には怒りが込められている。

ブリュンヒルドは昔からこういう狡いところがあった。

自分のことを大事に思ってくれるのは嬉しい。だが、騙されてまで守られるのは辛かった。

シグルズは男児だ。ブリュンヒルドより体格がいいし、力もあるし、肉体も丈夫だ。

だから、自分が彼女を守りたい。そう思うのに、いつもこんな風に出し抜かれて、守られる。

「俺は、そんなに頼りないか？」

ブリュンヒルドは慌てて否定する。

「そうじゃないわ。危険な目に遭わせたくなかったから……」

だが、ブリュンヒルドは言い訳をやめて素直にシグルズに謝ることにした。

「ごめんなさい」

彼女とてシグルズを騙すことに罪悪感を覚えていないわけではない。

シグルズはそれ以上、ブリュンヒルドを責めることはしなかった。ブリュンヒルドに意地悪をしたいわけではないのだ。

「……それで、神竜様とどんな話をしてきたんだ」

ブリュンヒルドは神竜との会話、邪竜が町を襲うという託宣をシグルズへ話した。ブリュンヒルドがシグルズのところへ来たのは、騙したことを謝りたかっただけではなく、邪竜のことを伝えたいからだった。

「そうか。神竜様がそのような託宣を……」

シグルズは顎に手を当てて考える。ブリュンヒルドが無事に戻ってこられたことを安堵する暇もない。

「ブリュンヒルドはどう思う？　つまり民にこのことを知らせるべきかどうかということだけど」

「必要ないわ。だってあれだけ探し回ったのに、邪竜は一匹もいなかったのよ。これで今晩、邪竜が襲ってくるなんてことがあれば、それはもう塵(ちり)から生まれるとしか考えられないわよ」

「その通りだな……」

シグルズはブリュンヒルドの知恵を当てにしている。彼女は自分よりずっと頭が回るのだ。

しかし。

「それでも、万が一ということがある」

シグルズはブリュンヒルドのような無神論者ではない。それに、ブリュンヒルドとは立場が違った。同じ特権階級でも、彼は王子である。巫女(みこ)は竜と話すことが使命だが、王子は民を守ることが使命である。

「それに、本当に俺たち人間の理解を超えた力だって働くかもしれない」

「王子であるあなたの口から、『今晩、邪竜の襲撃があります』って言うつもりなの？　やってこない邪竜のことで、国中が大混乱になるわよ。夜通しあなたに振り回されて、けれど朝には何もありませんでしたでは、王族の信頼が損なわれるわ」

シグルズの立場をブリュンヒルドは心配していた。

時折、彼女の発言は優しさに欠けているように見えてしまうことがある。彼女が理詰めで考えるようになったのはファーヴニルの影響であるから、仕方ないことかもしれない。

「ブリュンヒルド、知恵を貸してほしいんだ。万一の事態からも民を守って、できれば俺の信頼も失墜しない方法を」

「できればって……」

「思いつかなければ仕方ない。俺の信頼よりも人々の命の方が大事だ」

ブリュンヒルドが知恵を出さなければ、信頼を失う覚悟で民たちに竜の襲撃があることを告げるのだろう。

「そうね……」

しばらく考えてから口を開く。

「賊が現れたことにしましょう。戸締りと武器の用意をするように言うの。勿論、決して家から出ないようにともね」

「なるほど。それなら、混乱を最小限にして守りを固めてもらえる」

ふんふんとシグルズは感心する。

「いい策だ。さすがブリュンヒルドだな」と微笑む。

「別に……こんなの策のうちにも入らない」とブリュンヒルドは照れた。

口ではそうは言ったが、褒められればブリュンヒルドだって悪い気はしない。

夜が近付いたら、町に騎士を遣わして賊が出た警告をする。遣わした騎士たちにそのまま町の警備に当たらせれば無駄もない。

シグルズはブリュンヒルドに言う。

「お前には、スヴェンを護衛につけよう」

「……え？　いきなり何の話かしら？」

「神竜様が言ったんだろう？『今宵は安心できる者といるように』と」

「要らないわよ。邪竜なんて来ないって言ってるでしょう？」

「ブリュンヒルド」

シグルズはじっとブリュンヒルドを見た。万一のことがあったら困ると言っているのだろう。

ブリュンヒルドはこの眼差しが苦手だった。どれだけ理路整然に話をしていても、この真剣な眼差しで見つめられると折れそうになる。

「……わかったわよ。でも、スヴェンじゃダメよ」

「何を言っているんだ。スヴェンは強いよ。本当に邪竜と戦っても負けないと……」

「あなたはさっき言ったわね。『そんなに俺は頼りないか』って。私は全然そんなことは思っていないのよ。だから、あなたと過ごしたいと思うの」

「……わかった」

それを言われれば、男として護衛を引き受けないわけにはいかない。

それにスヴェンほどではないが、シグルズも武芸には秀でている。

「スヴェンほど頼りにはならないだろうけど。全力でお前を守ろう」

ブリュンヒルドは軽口で返す。

「ええ、全力で守られることにする」

その軽口を聞けてシグルズは嬉(うれ)しかった。ここ数日、ブリュンヒルドは塞ぎ込んでいて、見ているこっちが辛(つら)かった。おそらくは邪竜がいない確信を持てて、心に余裕が生まれたのだろう。

夜が来た。

警告によって、町を歩く民はいない。武装した騎士と兵士が巡回しているのみである。

王城から巡回の兵を見下ろして、ブリュンヒルドは心の中で謝った。

無駄な仕事をさせてごめんなさいと。

だが、ブリュンヒルドが謝る必要はなかった。

神竜の託宣通り、その伝承が姿を現したからだ。

この百年、一度も姿を現さなかった。黒き翼の竜。体高は大人の男の倍以上ある。

それも一匹や二匹ではない。無数の竜が突如飛来し、町を襲い始めた。

騎士ですら、竜には歯が立たない。口から吐く炎は鉄を溶かし、爪は容易(たやす)く鎧(よろい)を裂き、顎は兜(かぶと)を噛(か)み砕(くだ)く。

町は火の海となった。

「そんな。そんなはず……！」

王城の窓から燃え上がる町を見下ろしてブリュンヒルドは狼狽える。

（一体どこからやってきたの。あれだけ探していなかったのに）

神竜の言葉が脳裏をよぎった。

――人の知恵と理解が及ばないことがこの世界にはある。

邪竜は、壁に近付いた人間へ罰を下す時だけ姿を現すのだろうか。

天意が裁きを下すかのように……。

人の理で、竜を討ろうとしていた自分が間違っていたのか。

神竜の言うように、何も考えない方が良かったと……？

（いや。今は……）

今はそんなことを考えている場合じゃない。

冷静に、自分にできることを。

腰に提げているファルシオンを一瞥した後、ブリュンヒルドは城の外へ向かおうとする。

（民を守らないと）

だが、シグルズに腕を摑んで止められた。

「外に出たらいけない」

「でも、私が……私が戦わないと。私のせいで町が、人が……」

シグルズは摑んだままのブリュンヒルドの腕を持ち上げて言った。

「この細腕で何ができる。鱗に傷すらつけられない」

ブリュンヒルドは巧みな宮廷剣術を身に着けていたが、力の強さは女性の域を出ない。全身を堅固な鱗で固めている邪竜に攻撃が通るはずがない。

「冷静になるんだ。お前が冷静にならないでどうする」

その言葉でブリュンヒルドはようやく本当の意味で冷静になった。さっきまでは冷静になったつもりでいただけに過ぎなかったと気付いた。でなければ、非力な自分が竜と戦おうなどとは思うはずがない。

自分にできるのは、戦うことではなく考えること。

窓ガラスが砕け散る音が部屋に響いた。

見れば、一匹の邪竜が割れた窓から二人のいる部屋へと入ってくるところであった。

もはや王城も安全とは言い難い。

「こっちに！」

槍を持ったシグルズがブリュンヒルドの手を引いて部屋を出る。邪竜の禍々しい叫び声が追いかけてきた。

部屋の外に出た二人は愕然とする。既に王城には無数の邪竜が入ってきていた。

城は絢爛な造りで、廊下は広く天井が高い。それが裏目に出て、竜はほとんど自由に城の中で暴れることができてしまっている。シャンデリアの上に邪竜が飛び乗った。重みに耐えきれず、シャンデリアが落下する。けたたましい音と共に騎士が潰された。

いっそのこと、城の外へ出た方がいい。

「……そうだ。城の外」

ブリュンヒルドとシグルズが同時に気付いた。

「神殿だ。神竜様に邪竜を退けてもらうようお願いするんだ」

「私もそう言おうとしていたとこ、ろ……」

ブリュンヒルドの声が尻すぼみに小さくなった。

(神竜様は、何をしているの?)

今日まで邪竜から私たちを守ってくださった神竜様が、どうして今は何もしてくれないの?

これが天罰だから? 裁きだから?

いいえ、これが天罰や裁きだなどありえない。

ブリュンヒルドの頭は冷静に回転を始める。

確かに邪竜が突然現れたことへの説明はつかない。それは神秘かもしれない。塵から生まれたのかも。だが、そんなことは問題ではないのだ。

(問題は、邪竜が現れたタイミング)

現れたのは今日だ。

だが、それはおかしい。

これが天罰や裁きなどの人間の理解を超えたものであるならば、ブリュンヒルドたちが壁の外に出たその日に起きなければおかしいのだ。

（神はいつも我々を見ているとされているのだから、外に出たその日に私たちを裁けるはず）

だが、現実に起きたのは五回もの探索を経た後、もっと言えば神竜様に報告した後だ。

神竜様は言っていた。

今宵、邪竜が襲うと。

何故、今宵なのか。私が報告した途端、私が壁の外へ出たことを神が認知したとでも言うのか。ありえない。神が全知全能であるのならそのタイミングは遅すぎる。邪竜の襲撃は天罰などでは決してない。

ならば、考えられる可能性は……。

（神竜様が邪竜に人を襲わせている……？）

何故そのようなことをするのか、どうやってそのようなことをするのかは見当もつかない。

（そうであるならば……。いや、そうであったとしても、神殿に向かうしかない。町を襲う竜災を止められる力を持つのは神竜様だけなのだから）

二人は神殿へと向かう。

火になぶられる町のあちこちで邪竜と騎士が交戦していた。神殿のある丘の麓まで来た。あと少しで神竜に会えるというところだったが、

「――ッ!」

一匹の邪竜がブリュンヒルドへ向かってきた。その素早さと言えば、まるで黒い矢のよう。ブリュンヒルドは噛み砕かれる自分の姿を想像し、死を予感した。

だが、邪竜は横合いから槍に貫かれて停止した。

シグルズの槍が、竜の飛膜を貫き、留めていたのである。

「シグルズ……!」

シグルズが邪竜と格闘を始める。剣を抜いて助けたい気持ちが俄かに湧いてきた。だが、それはシグルズの叫びで止められる。

「行け! 行くんだ!」

ブリュンヒルドはシグルズに背を向けて神殿へ駆ける。

(わかってる……)

自分が剣を振るったところで、邪竜には傷をつけられないことを。

そんな無駄なことをするくらいならば、一刻も早く丘を登って神殿へ辿り着き、神竜様に「邪竜を退けてください」とお願いをした方がはるかに彼を助けられる可能性が高い。

だが、わかっていても竜に襲われるシグルズから走って遠ざかるしかできない自分が情けな

かった。

（私に力があれば。戦える力が）

虚しい願いを胸に、ブリュンヒルドは丘を駆け上った。

神殿に辿り着く。祈りも挨拶もなしに、ブリュンヒルドは叫んだ。

竜の像が立ち並ぶ広間を駆け抜ける。焦っているせいか、若干像の数が減っている気がした。

『神竜様！　神竜様！』

焦った声に応じて、神竜が姿を現した。

『おお、私の巫女よ。無事でよかった。もっと近付いてお前の顔を見せてくれ』

『私の顔など後でいくらでも。それよりもどうか。人々をお救いください。数多の邪竜に襲われているのです。どうか……』

『その前に問わねばなるまい。お前は自分の愚かしさを理解したか？　壁に近寄ることがどれだけ恐ろしいことかわかったか？　二度と自分の考えで行動しないと誓えるな？』

『はい。もちろんです』

ブリュンヒルドは即答した。

だが、内心は悔しさで体が内から燃えそうだった。

（邪竜の襲撃タイミングに、自分の意図で邪竜をどうにかできるといわんばかりの発言）

この竜が黒幕に違いない。手段も目的もわからないが、それだけは確かだ。

だが、疑いが確信に変わったところでブリュンヒルドの力が強くなるわけではない。

無力な巫女は、ただ竜に謝り、お願いをすることしかできなかった。

『願いを受け入れよう。これからは私の掟に従って生きるように』

『ありがとうございます……』

ブリュンヒルドは涙を流した。竜はそれを感謝の涙と理解して微笑んだが、違う。

悔し涙だった。

ブリュンヒルドが町に降りた時には既に邪竜はいなくなっていた。

麓にはシグルズが倒れていた。

「ああ、シグルズ。そんな……」

ブリュンヒルドが駆け寄って抱き起こす。

邪竜との交戦で怪我をしていたが、幸いにして命は無事だった。

「邪竜が……突然逃げていったんだ。あと少し遅かったら、殺されていた」

ありがとうとシグルズは言ったが、ブリュンヒルドはかぶりを振った。

感謝されることなど何もない。自分に力があれば。あるいは浅はかにも王国の外に出たことを神竜に言わなければ。そもそもこんな怪我をさせずに済んだのだから。

夜が明けた。

死傷者の数は、襲撃の規模に比べれば少なかった。事前に家から出ないように民に警告が出ていたことが功を奏した。だが、それでも決して少なくはない数の人間が怪我をし、死んでいた。

しばらくは、町全体が怪我人の治療や建物の修繕に忙しかった。けれど、その目途がついた頃、人々は今回の襲撃がなぜ起こったのかを議論し始めた。

「誰かが王国の外に出たに違いない」

ブリュンヒルドを強い罪の意識が襲った。

「私が……提案したんだから。私が名乗り出るべきよ。そして、然るべき罰を……」

シグルズはすぐに言った。

「ダメだ。この件は、揉み消す」

シグルズらしからぬ発言だった。彼はブリュンヒルド以上に責任感が強いのだ。隠蔽や工作を何よりも嫌う性分でもある。なのに、ブリュンヒルドが何を言っても強硬に「揉み消す」とだけ言い続けた。

もし王国の外に出たのがシグルズだけだったら、彼は頑なに隠蔽しようとはしなかっただろう。

壁の外に出たとなれば、裁判もなしに死罪である。

シグルズは、ブリュンヒルドを失いたくなかった。

シグルズがブリュンヒルドを守ってくれたことは彼女にとってありがたかった。命が助かったからというだけではない。彼女には皆に伝えておかなければならないことがある。

神竜こそが邪竜を使役して人を襲わせている。

状況を鑑みれば間違いない。だが、それだけでは説得力が欠けていることも理解していた。

邪竜がどこから現れたのか。

これを判明させない限り、神竜黒幕説はブリュンヒルドの妄想として扱われてしまうだろう。

だが、それを判明させる当てが全くないでもなかった。

昔、先代の巫女である母から聞いたように思うのだ。神竜は己の眷属を生み出すことができるのだと。

遠い昔に聞いたことなのでうろ覚えだ。どうやってそれができるかに至っては、そもそも聞いていないように思う。

だが、ブリュンヒルドの母は知っていたかもしれないのだ。竜の眷属を生み出す方法を。

ブリュンヒルドは、屋敷の書斎に向かった。

書斎には竜にまつわる書物が蔵されている。この中に、眷属を生む方法について書かれた物があるかもしれない。

書物の数は膨大だ。なにせブリュンヒルドの一族はもう二百年も竜の巫女を務めてきたのである。書斎に入っただけで眩暈がしそうだったが、気合を入れて取り掛かることを決めた。従者であるファーヴニルを道連れにした。彼はこの手の事務作業をとても手際よくこなせるのだ。

二人で書斎にこもり切りになった。食事は召使いに運ばせた。

何日もこもった。

二人が書斎から出てこないから、主と従者は何か怪しいことをしているのではないかと召使いたちは噂をした。間違ってはいない。神竜の真相を暴こうなど、この国では「怪しいこと」に相当する。もっとも召使いたちの言う「怪しいこと」とはもっと下世話な意味であったが。

「ふう……」

書斎の中、本に囲まれたブリュンヒルドが天を仰いだ。文字を読み過ぎてどうにかなってしまいそうだった。

ブリュンヒルドは読書家だ。だが、ここまで連日乱読しているとさすがに疲弊した。

書物の量が膨大であることだけが大変である理由ではない。古い物はページをめくるだけでボロボロと崩れてしまいそうになるから丁寧に扱わなければいけなかった。神経を使う。

（少し休もう）

ちょっと離れたところにファーヴニルがいるのが目に入った。彼は丁寧に、けれどものすごいスピードで本のページをめくっていた。

「あなたも休んだら」と声をかけようとしたが留まる。彼には不要なのだ。

以前、別の作業を行った際に休憩をとるように勧めたが「気遣いなど不要です」と返されてしまったことがあった。

彼は疲れない。黙々と作業をこなし続ける姿は、人形を連想させた。

ファーヴニルの傍ら（かたわ）には読み終えた本の山がある。既にブリュンヒルドの倍以上の本に目を通し終えていた。

ファーヴニルを見ていると、時々思う。彼は自分のことを人間ではなく武器や道具くらいにしか考えていないのではないかと。だから、休むという発想がないのではないか。

(使い捨ての道具だから大切にしないのでは)

そう思ったら、ブリュンヒルドはそわそわしてきた。

室内にはちょうど召使いが運び込んだばかりの食事があった。パンとスープ、そして冷たい水の入ったグラスがテーブルの上に置かれている。

ファーヴニルの分のグラスを取る。グラス越しにも心地よい冷たさが伝わってくる。

ブリュンヒルドはファーヴニルへ近付く。ファーヴニルは本に目を落とし続けている。

その頰に、冷たいグラスを押し付けた。

「………」

何の反応もない。これがシグルズだったら、面白い反応を見せてくれるのだが。

「……何か？」

怒っている様子すらない。つまらない。

「……少しは休みなさいよ」とブリュンヒルドは食事を指差す。

「気遣いなど不要です」

ファーヴニルはまた書物に目を戻してしまう。

「休みなさい。これは命令です」

ファーヴニルの目がブリュンヒルドを見る。

「休んだ分だけ目的の達成が遠のきます」

「酷使した分だけ道具は破損が近付きます。優秀な道具は大切に扱わないと。長く使うために」

ファーヴニルは思案の後、納得した。

「一理あります。では休ませます」

ブリュンヒルドは小声で言った。「本当に自分のことを道具だと思ってたの……」

「私はあなたの道具ではありませんよ」と返してもらいたかったのだが。

ファーヴニルはテーブルに向かうとパンを鷲掴み（わしづかみ）にして口に放り込んだ。椅子に座ることすらしない。あまりに事務的だった。食事を楽しもうという発想は毛頭ないのだ。

「ああ、もう。そうじゃない」

ブリュンヒルドは席に座ると、ファーヴニルにも座るように促した。

「一緒に食事をしましょう」

「何故(なぜ)」

「私がしたいから」

主の命令だから従った。椅子に座る。

「こんな栄養補給、二分もあれば完了しますが」

「せめて十分くらいはかけてよ。話とか、したいし」

「よくない傾向です。主」

ブリュンヒルドは理性的な女性に育った。彼女は神さえ信じない。ファーヴニルがかつて『神などいない』と言ったからだ。その言葉はブリュンヒルドの人格形成に影響を与えていた。考える神秘や託宣を前にしても自分の頭で考える姿を、悪くないとファーヴニルは感じていた。考えることを放棄している蒙昧(もうまい)な民よりもずっといい。

だが、変なところで彼女は効率をないがしろにする。

この食事は最たる例だ。栄養摂取に時間をかける意味などない。なのに、この手の話になると、ブリュンヒルドは効率を捨てて、無駄ばかりを行うようになる。

「無駄な行為は行うべきではありません」

「無駄なんかじゃないわよ。だって、あなたは……私の最後の家族じゃない」

両親を共に亡くしてから、ファーヴニルのことを父親か兄代わりだと思っている。

「だから、一緒にご飯を食べましょう。どれだけ忙しくても。こういうことを蔑ろにしてはいけないのよ」

「わかりました」

反論はいくらでも思いついたが、言わなかった。従者は主に従うだけである。

ゆっくりと食事をした。

会話が弾むことはない。ファーヴニルは雑談をしない。

十分の沈黙の中、時々、短い言葉の応酬があるだけ。

だが、それだけなのにブリュンヒルドは心地よさそうにしていた。

たとえ会話が弾まなくても、家族と一緒の時間を過ごせることがブリュンヒルドには嬉しいのだ。

そんな難しいこと、ファーヴニルにわかるわけがなかった。

ブリュンヒルドが向けてくる好意。それにどう向き合うのが正しいのかわからない。

休憩を終えて、再び書架に向き合う。ブリュンヒルドの作業効率は目に見えてよくなっていた。

二時間ほど経った時、静謐な書斎にブリュンヒルドの声が響いた。

「あったわ！」

千冊以上の書物に目を通し、ついに求めていた記述を見つけた。

邪竜……その書物には黒竜と書かれていたが、それを生み出す方法が記述されている。

ブリュンヒルドは興奮した様子の目で記述を追う。

だが、すぐに顔色が曇った。

やってきたファーヴニルもその記述を読む。なるほど、主が消沈しそうな内容だった。

「人間ですか。素材は」

人間に竜の鱗を食わせると、竜になる。

眷属となった竜は、鱗の持ち主の命令に従う。

「先日、町を襲った竜は、元は人間だったというの？」

「喰わずにおいた子供を竜にして使役したのかもしれませんね」

「こんな……こんな酷いこと……」

ブリュンヒルドがぎゅっと目をつむる。痛みに耐えているかのような表情だった。

「でも、これで証拠を摑んだわ」

そして、得た証拠から恐ろしい結論が推理できた。

（そもそも何故神竜が人を喰うのか）

ブリュンヒルドは本を小脇に抱えて書斎を出ようとする。彼女の推理が正しければ、すぐにでも神竜をどうにかしなくてはいけない。けれど二人だけでは解決できない問題だった。

「シグルズとスヴェンに話をしましょう。この証拠があれば、彼らは納得してくれるはずだわ」

ファーヴニルは懐疑的だった。

「そうでしょうか。恐れながら、歴代の巫女様の手記にはとても現実とは思えない内容が多分にありましたが……」

「でも……これは辻褄が合うわ」

「それでも実証しなければただの記述です」

「実証って……。どうやって」

ブリュンヒルドはハッとする。

「まさか、人間に鱗を食べさせて実験しようって言うんじゃないでしょうね」

ファーヴニルが考えそうなことだ。

「……いえ、あなたと過ごすようになって、人に優しくしようと思うようになりました。決して得意分野ではありませんが」

「あ……あら、そう？」

予想外の返事に嬉しくなった。

不愛想なファーヴニルが誰かに優しくしようとしてくれているなんて。

（ふふ、ちゃんとわかってくれてるんだ）

「私に考えがあります。一日、お時間頂ければ準備は整うかと」

ブリュンヒルドは頷いた。「あなたに任せるわ」

今の彼なら信じられる。

二日後、ブリュンヒルドはシグルズとスヴェンを呼び出した。

屋敷の一室で、ブリュンヒルドは二人に告げた。

「先日の邪竜の襲撃だけど……黒幕は神竜よ」

シグルズもスヴェンも目を見開いた。特にスヴェンはこの国で多数派を占める神竜信徒だったので、開いた口が塞がらないと言った様子であった。

「なんと罰当たりなことを仰るのか……」

「邪竜の襲撃・撤退のタイミングを考えると、神竜が糸を引いているとしか思えないのよ」

「……ブリュンヒルド様。私の理解が足りていなければ謝ります。ですが、確認させていただきたい」

スヴェンは問う。

「ブリュンヒルド様はこう仰っている。ブリュンヒルド様が壁の外に出たのを知った神竜様が、邪竜に町を襲わせたと」

「そうよ」

「……何のためにそんなことをするのです？」

　スヴェンの疑問は至極真っ当だ。

「その理屈だと……そもそも神竜様は私たちを邪竜から守る必要がないのではありませんか。どのような手段を用いているかはさておき、自分で邪竜に襲わせているのでしょう？　そもそも襲わせなければ守る必要が……」

「そもそも神竜は私たちを守ってなんかいないのよ。あれは生贄を得るための自作自演」

　スヴェンにはさっぱり何のことかわからない。

「神秘の生贄？　生贄がどう関係してくるのです？　神竜様が生贄を喰うのは、邪竜から町を守護する力を得るためでしょう？」

「スヴェン、私はね。巫女として何年もあの方に貢物を送る役目を果たしている。果実や穀物も捧げるけれど……思い返してみればそれらを口にしているところはほとんど見たことがないわ。神竜様の言う通り、人間を食べるのがその不思議な力とやらを得るためだとしたら、神竜様は何から生きるための栄養を得ているのかしら」

「それは……。霞を食べているのでは」

「はっ」

　ブリュンヒルドの傍らにいたファーヴニルが嗤った。スヴェンのことを完全に見下した嘲笑い方であった。

この男は、嘲笑以外の笑みを知らないのである。

そして、馬鹿が嫌いだった。

スヴェンは険悪な表情で言った。

「何かおかしなところがあったか？」

「いえ。貴君の発言に微笑ましくなっただけですよ」

「そういう笑い方じゃないことくらいは馬鹿な私にだってわかるがな」

スヴェンはファーヴニルの胸倉を摑もうとする。性質が真逆であるせいか、この二人は何かにつけて衝突する。

「この際だから言わせてもらう。お前はここに居ていい人間ではない。邪悪な男よ、シグルズ様たちに害をなす前に去れ」

シグルズがスヴェンを制する。「乱暴はよしてくれ。お前はただでさえ力が強いんだから」

ブリュンヒルドがファーヴニルを見る。「最年長なのに、大人げないわよ」

「みっともないところをお見せしました」とスヴェンが退く。

ファーヴニルは黙したままで謝りもしない。

ひとまず二人の諍いは収まった。

「話を戻すわね。スヴェンの言うことはとてもよくわかるわ。神竜は理を外れた生き物で、生きるために食事すら必要としない。その可能性が絶対ないとは言い切れない。この国の多くの人はあなたに同意するでしょう。だけど、私はその神秘性とやらで誤魔化されている気がしてならないのよ。『竜だから』『神聖だから』で何もかも押し通されていると思うの」

先日の邪竜襲撃の夜にしたってそうだ。

もしブリュンヒルドが神竜の立場で人間を騙そうとするなら、巫女が報告に来た夜に襲撃させたり、謝りに来たタイミングで撤退させたりしない。自分に邪竜を操る力があると白状しているのと同じだからだ。なのにあのタイミングで襲撃・撤退させたのは、今日までその手が通じてきたからではないかと思うのだ。超常の力を見せつけた上で、神秘というヴェールに包んでやると、人間の思考を停止させることができたにちがいない。

神や超自然が盲信されていた時代は、それが通じたのだろう。でも、今はある程度科学が進んだし、合理的に考える人間も増えてきた。神秘ひとつで押し通せる時代ではない。

だから、ブリュンヒルドは考える。あくまで神竜もひとつの生き物として。

「神竜は人を喰って生きているんだわ。邪竜から町を守る力を得るためではなく、生きるための栄養を人間から摂っている。穀物や果物を食べないところを見るに、人間からしか栄養が摂れないのでしょうね」

もっと早く気付くべきだったとブリュンヒルドが悔しそうな顔をした。

スヴェンの顔が真っ青になった。王国民として、敬虔な神竜信徒として、正常な反応だった。

神竜様が生きるために人を喰っているなど。自分達人間が豚や牛を喰うのと同じ理由で人を喰っているなど。そんな罰当たりなことを考えてはいけないのだ。考えるだけで死罪である。

（神竜様が自分達と同じ生物だなんてありえない）

信徒に聞かれれば、異端扱いされて撲殺されてもおかしくない。

「神竜は生きていくために人を食べなければならない。けれど、表立って人を喰い殺すのはうまくないんだわ。いくら神竜が強力でも、生き物であるなら不死ということはないでしょう。人を襲って喰い続ければいずれは討伐されてしまう。だから、人を襲わずに喰える方法を確立した。それがこの国なんだわ」

ファーヴニルが補足を行う。

「そのために、邪竜の恐怖を植え付ける必要があった。人々が自ら進んで生贄を差し出すように。そして自分の手から離れた場所へと逃げられないように、というわけですね」

ブリュンヒルドが頷く。

シグルズが悩ましそうにこめかみを押さえる。

「この王国は……神竜様の牧場ってことか」

ブリュンヒルドの瞳には、神竜への反逆の意思が宿っている。

そのことに気付いたスヴェンが慌てて言う。

「ブリュンヒルド様の説が正しいとして……我々に何ができるのです。神竜様は自在に邪竜を生み出せて、人を襲わせることができるのでしょう。あの恐ろしく強い化け物を。私ですら二匹しか倒せなかった。塵から邪竜を生み出せる相手、歯向かっても勝てるわけない」

「塵からじゃないわ」

ブリュンヒルドは否定する。

「人間からよ」

「……はい？」

「時間がかかったけど、調べはつけたわ。竜の鱗が持つ性質のひとつね。自分の鱗を食べさせた人間を竜にできるの。命令も簡単なものなら聞かせることができるみたい」

「この文献に書いておりました」

とファーヴニルは文献を取り出して、皆に見せる。それにスヴェンが反論する。

「古の文献だ。間違いがあるかもしれないぞ」

ブリュンヒルドは目でファーヴニルにサインを送った。従者は小さく頷いた。

「彼が証明してくれるわ」

ファーヴニルが証明のための準備をするべく部屋を出る。そして、十分ほどして戻ってきた。

手には鎖が握られている。

そして鎖の先には、人間がいた。男が雁字搦めに結ばれている。それをファーヴニルは引きずってきたのだ。

ファーヴニル以外の全員が言葉を失った。

呆然としている三人など意に介さず、ファーヴニルは懐から小さな鱗を取り出した。鱗を翳すように見せて言う。

「これは、神竜の鱗です。神殿に落ちていたものをブリュンヒルド様が拾ってきてくださいました。これを今からコレに飲ませます」

「待って、ファーヴニル」

ファーヴニルの説明など、ブリュンヒルドの頭には入ってこない。

「これは、何？」

「申し上げた通り、竜の鱗です」

「そっちじゃないわよ」

ブリュンヒルドは鎖に結ばれた男を呼び指す。

「この人は何。あなた、言ったわよね。人に鱗を食べさせるような真似はしないって」

「はい。ですからそれは、人ではありません」

「何を言って……」

「この王国では、最も身分の低い人間はアルタトスという階級のモノです。アルタトスは人ではありません。触れれば穢れが移る存在として扱われています」

アルタトスは住む場所も職業も著しく制限されている。様々な権利が認められていない。極端な例では、アルタトスは殺しても罪にはならない。慣習的な法によれば、罪にならない理由は「人でないから」である。

「アルタトスは人でないから、竜に変えても問題ないとあなたは言っているの？」

「そうです」

「ダメよ。そんなことは。法なんて関係ない。アルタトスも人よ。竜に変えていいはずがない」

「そうでしょうか。アルタトスの中でも特に死んだ方がいいものを選んできたのですが……」

「死んだ方がいい人間なんていないの。たとえ重罪を犯した人間にだってやり直す機会が……」

「ブリュンヒルド様。この男をよく見てください」

ブリュンヒルドは男に目を落とす。そしてぎょっとした。

この男、何かがおかしいのである。口からはだらしなく唾液が流れ出ており、目の焦点は全く合っていない。ぶつぶつと小声で何か呟いているようだが、呂律が回っておらず何を言っているかわからない。

「この屋敷に来る前、私は暗殺者でした。アルタトス階級の出身です」

アルタトスは職業が制限される。まともな職がないから汚れ仕事を引き受けないと生きていけない。

「暗部の人間は失態を犯すと体で清算します。この男もそうです。どんな失敗をしたかはわかりませんが、制裁を受けた後の姿であることは間違いありません。名前は伏せますが、ある強烈な幻覚作用を持つ薬を飲まされるとこうなるんです。命では清算しきれない失敗をした者への制裁にてよく使われていました。こうなると心が破壊されてしまって、絶対に戻らない。死ぬまで覚めない悪夢を見続けることになる」

だから、死んだ方がいいんですとファーヴニルは続ける。

「万一、私がこんな姿になった時は、殺してくれと知人に頼んでいたくらいです」

王国のこんなにも生々しい暗部をブリュンヒルドは初めて見た。いや、彼女だけではない。シグルズもスヴェンもそうだ。三人とも生まれは恵まれている。ブリュンヒルドとシグルズがどれだけ民を思う為政者であっても、本物の闇は彼らの想像を絶している。

「それでも、ブリュンヒルド様が助けろと仰るなら、この男で実験するのはやめますが、この男は殺されることを望んでいますよ」

「それはあなたの想像でしょう……」

「いいえ、想像ではありません。私はこの薬の効果を正しく理解していますので」

「………」

ブリュンヒルドはもう一度、鎖で縛られている男を見た。何か意思疎通できるものが感じられるのではないかと期待した。僅かでもそれが感じ取れたなら、この男のことを助けられると思っていた。

だが、無駄だった。そこにいるのは人の形をしていながら、人の在り方を奪われた存在。瞳の奥には何もなく、その空虚がうすら寒いものを感じさせる。恥ずべきこととわかっているが、生理的な嫌悪すら呼び起こされてしまう。

ブリュンヒルドは長い葛藤の後、絞り出すような声で言った。

「……早く楽にしてあげて」

男から目を逸らしながらブリュンヒルドは言う。

「了解しました」

ファーヴニルは鱗を男の口に押し込んだ。

たちまち男の体が変化を始める。波打つように筋肉が隆起し、そして巨大化する。腕と足は太くなり、背中から翼が生え、顎は鰐のように長く大きくなる。並ぶ歯はナイフのように鋭い。

男は邪竜に変わった。それはまさに先日、町を襲った竜と同じ姿だ。

邪竜はブリュンヒルドらを襲おうとしたが、動けなかった。事前に丈夫な鎖が幾重にも巻かれていたせいだ。巨大化したことによって鎖は竜の肉に強烈に食い込んでいる。自由に動かせる部位などなかった。

「これで、神竜が邪竜を作る手段は実証できたかと」

誰も異論はない。それどころではなかった。

シグルズが呼びかける。

「スヴェン」

「御意」

スヴェンは槍を邪竜の心臓に突き刺した。邪竜はそれで死んだ。

穂先の血を拭いながらスヴェンが言う。

「以前から思っていたことだが、今、確信した」

スヴェンはファーヴニルを睨みつける。

「クズめ」

シグルズがファーヴニルを見る目も冷たい。明らかな侮蔑が込められている。

だがブリュンヒルドだけは複雑だった。頭を抱えたかった。

彼女だけにはわかってしまったのだ。今回の件は、彼なりに優しくあろうとした結果なのだと。

出会った頃の彼ならば目的達成のためなら誰を犠牲にしてもかまわないと考え、無差別に実験体を連れてきたかもしれない。けれど今回は死によって救われる者を彼なりに選んでつれてきたのだ。

これは間違いなく優しさだ。

だが、ひどく歪んでいる。

ファーヴニルと目が合った。ブリュンヒルドの目は、狼狽えているのを隠せない。彼なりに優しくあろうとした結果とわかっているが、眼前で起きたことは衝撃的だった。

ファーヴニルは聡い。自分は失敗をしたのだとブリュンヒルドの目を見て即座に理解したようだった。

思い込みかもしれないが、その目がどうしようもなく寂しくブリュンヒルドには見えてしまった。

自分だけは彼の努力を認めてあげたいのに、彼の行為を認められないのが歯痒かった。

「……話を戻しましょう」

ブリュンヒルドはどうにか仕切りなおす。話題も、心持ちも。

「神竜は、人を竜に変えることができる。鱗で邪竜を作り、町を襲わせたんだわ。神竜を倒さないと、この国はずっと竜の支配下よ。人が食べられ続ける」

竜像の外へ逃げることもできない。神竜の手から逃れようとする行為は、全て掟に背くことにされて、見せしめのために邪竜が町を襲うだろう。

集団での蜂起も難しい。神竜は王国の守護者として浸透しすぎている。先日の邪竜も、神竜が不思議な力で撃退したことになっているからなおさらだった。

「私は神竜を止めるわ」

シグルズが頷く。彼なら頷いてくれるとブリュンヒルドは信じていた。

「生贄のこと、人々を守るための犠牲と思っていたが仕組まれているのなら……。王族として止めなきゃいけない」

王国を竜の支配から解放する。二人の意思は同じだった。

ファーヴニルは何も言わない。彼は従者の仕事をこなすだけだ。

スヴェンだけが迷った。四人の中で最も模範的な王国民だからである。信仰の対象が邪悪と証明されたとしても、受け入れる土壌ができていなかった。

ただ迷いはしたけれど、決断にそう時間はかからなかった。

「……わかりました。王子がやると仰っているのです。お供しないわけにはいきません」

ブリュンヒルドの説を信じたのでも、信仰を捨てきれたからでもない。

シグルズへの忠節のために、神竜と戦うことを決めたのだった。

こうして、密かに神竜暗殺計画が開始された。

ブリュンヒルドとファーヴニルが邪竜の骸の後片付けをすることになった。

床の上に広がる血を拭いながら、ブリュンヒルドは声をかける。

「ファーヴニル」

「はい。わかっています。改善できるよう努力します」

鱗(うろこ)の実証方法が失敗だったことはわかっている。そのことをたしなめられるのだ。

だが、ブリュンヒルドが口にした言葉は糾弾ではなかった。

「……よくやってくれたわ」

予期しない言葉にファーヴニルの小さな眼(め)が見開かれる。

「あの実証法は、お気に召さなかったものとばかり」

「ええ。あんなやり方、私は認められない。あってはならないわ」

明らかに怒っている。なら、なおのことわからない。何故(なぜ)褒めたのか。

「……それでもあなたの努力を誰も認めないなんてことも、あってはいけないのよ。同じくらいにね」

「こういう時は……」

ファーヴニルが珍しく、自信のなげな声で言う。

「ありがとう、と返せば正しいですか？　認めてくださったことに対して」

「ううん……。ちょっと違う気がするわね。むしろ私の方が言うべきなんだわ。私のために動いてくれたんだもの」

ブリュンヒルドは言った。「ありがとう」

それを聞いて、やはり難しい言葉だなとファーヴニルは思った。

神竜の暗殺計画についてはブリュンヒルドら四人で進めるほかなかった。

最悪の場合、神竜と戦闘になる恐れがある。それに備えて戦力を確保したいというのが本音だが、人を集めるのは難しい。神竜の討伐など、公言した瞬間にこちらが討伐される。

四人でやるならば相応の準備が必要になるが、時間は長く確保できなかった。

エミリアの死から、一月が経ってしまったのだ。

神竜は新たに七人の生贄を要求してきている。

一日、二日はブリュンヒルドが適当な理由をつけて時間を稼いだが、それが限界だった。

よほど腹を空かしているのか、神殿に赴いて弁明するブリュンヒルドに竜は鼻息荒く言った。

『これ以上、私を軽んじるならば今宵また邪竜が町を襲うだろう』

(もう掟を破ったかどうかは関係がないというわけね)

そう悪態をつきたかったが、飲み込んだ。

王城に戻ったブリュンヒルドは仲間たちに神竜のことを話した。

「あと一日あれば……」とシグルズが悔しがる。彼は城の騎士のうち、信頼に値する者を仲間に引き入れるべく説得を試みていた。だが、間に合わない。今すぐにでも贄を捧げなければ、竜は怒り狂うかもしれないのだ。それは、竜の様子を見てきたブリュンヒルドが良く知っている。

「やるしかないわ。私たち四人だけで、神竜の討伐を」

「ブリュンヒルド様、私は反対です」

ファーヴニルは諫言をする。

「竜の要求を素直に呑みましょう。七人の生贄を差し出すのです。そうすれば一月の猶予が生まれます。騎士たちの説得も可能になるはず。暗殺を確実に成功させることが最終的に犠牲者の数を抑えることにつながります」

「ファーヴニル。それだけは絶対にしないわ」

ブリュンヒルドはこの諫言は受け入れなかった。

「もう、見て見ぬふりはできない」

ファーヴニルは大人しく引き下がった。彼はあくまで選択肢を示すだけである。

「軍師殿の出る幕ではありません」

スヴェンが皮肉っぽく言って前に出てきた。

「このスヴェンにお任せいただきたい。これでも王国一の騎士の誉れを授かった身」

長槍を握るスヴェンの手は震えている。神竜が怖いからだとブリュンヒルドは思った。だが、そうではない。武者震いである。

スヴェンは長槍を振るってみせる。それは、まるで手足の延長のように自在に動いた。

「この槍に誓いましょう。神竜の首級をあげてご覧に入れる」


その日の夜、暗殺計画が実行に移された。

ブリュンヒルドは贄を率いて神殿へと向かうと、いつものように神竜に祈りを捧げる。

応じて、神竜が現れた。薄闇の中でも白い鱗が仄かに光っている。

『待ちわびたぞ、我が巫女よ』

苛立っているのが声に表れていた。

『お待たせしてしまい申し訳ございません。今宵こそ生贄を持って参じました』

竜の機嫌が良くなった。『よろしい』

『生贄は神殿の外に置いておきます。ですが、お許しをいただきたいことが……』

『言ってみなさい』

『先日の邪竜襲来でごたついており、贄を三人しか用意できませんでした』

竜の機嫌があからさまに悪くなったが、竜が言葉を発する前にブリュンヒルドが言う。

『ですが、明日の朝には残りの四人の贄を捧げられます』

そういうことなら許そうと竜は反論の言葉を飲み込んだ。

『それと……いつもは木の檻に生贄を閉じ込めてお渡ししておりますが、現在、町が復興作業を行っているため木材が不足しています。檻を用意できませんでした。代わりに丈夫な縄で手足を縛っております。何卒ご容赦を……』

『ああ。その程度のこと、許すとも』

贄が少ないことに比べれば、檻の有無など大した問題ではなかった。

ブリュンヒルドが立ち去ると、神竜はすぐに神殿から出て、生贄のいる場所へと向かった。

巫女が言っていた通り、生贄は三人で、檻には入っていなかった。

若い男が三人、両手両足を縛られて座っている。

珍しい。子供ではないのかと神竜は少し驚いた。供物はいつも子供なのだが、それは神竜の要求ではない。供物がいつも子供だったのは、人間側の都合である。子供は力が弱く、騙しやすい。贄にするのに都合がいいらしい。

だから、神竜は供物が大人でも一向に構わない。

（大事なのは、人を七人喰うことだ）

一口目に相応しい贄を選ぶ。最もうまそうな肉を竜は選んだ。陽光のような色合いの髪を湛えた青年だった。

神竜は大口を開けて、縛られている青年を喰おうとした。

だが竜は知らない。彼こそが無双の騎士スヴェンであることを。

ぞぶりという肉を貫く音がした。

神竜は何が起きたかわからなかった。

見れば、槍が自分の口内に突き刺さっている。喰おうとした男が突き刺したのだった。

スヴェンは縛られたふりをしているだけで、実際は手足が自由だった。得物の槍は彼の傍らに砂や枯葉に覆われて隠されていた。

他の男二人はシグルズとファーヴニルだった。戦闘が始まったのを確認し、急ぎ離れる。茂みに隠れて様子を見ていたブリュンヒルドと合流する。三人は戦わない。半端な戦闘技術では邪魔にしかならないとスヴェンに言われていた。

竜は大きくのけぞり、呻く。貫かれた喉は悲鳴すらうまく上げられない。奇襲は大成功したようにブリュンヒルドらには見えていた。

だが、スヴェンは歯噛みした。

(穂先を逸らされた。一撃で脳を貫くつもりであったが……)

竜が使う術のせいだった。咄嗟に行使された幻惑の術が、正確無比なはずのスヴェンの槍を狂わせたのである。上顎を貫いた槍は脳を掠めただけである。

竜は吼え、騎士に襲い掛かる。

そこから繰り広げられたのは、まさに神話の戦い。

竜の吐く炎。振るう爪に尾。そのどれもが必殺の威力を持っていたが、真に恐るべきはそれではない。

神秘の竜は、秘術に長けていた。

幻で目を惑わし、虚空から蛇を呼んで敵の手足を搦め捕り、呪詛で心を冒した。並みの騎士ではひとたまりもない。

だが、スヴェンは不敵に笑う。汗が顎を伝って地に滴る。

(並の騎士ならば)

対するこの男、並大抵ではない。

目が使えぬならば心の眼で、手足に絡みつこうとする無数の蛇は宙で斬って捨て、心を惑わす呪詛も明鏡止水の精神で跳ねのける。

仕舞いには、この男の持つ槍が尋常でない。

魔槍である。大英雄の心臓をうがったという逸話を有していた。

竜の牙とぶつかっても刃毀れせず、翻せば竜の炎を吹き飛ばすのである。

この時代、未だ人と神性の距離が近い。

精霊や天使の加護を宿した武器が息づいているのである。

穂先が流星のように閃く。砕けた鱗が夜空を彩る。鮮血の花が咲く。

休むことなく繰り広げられる猛攻。ブリュンヒルドらが介入する余地など、髪の毛一本ほどもありはしない。

一時間ほど、戦いが続いた。

ついに竜が地響きと共に地に伏した。

陰から見ていたシグルズが小さく感嘆を洩らす。

たった一人でスヴェンは神竜を倒した。

そう見えた。

スヴェンの体がぐらりと揺れる。竜に続いて、スヴェンも倒れた。

「スヴェン！」

シグルズが飛び出す。「危険よ！」というブリュンヒルドの制止を振り切った。

シグルズはスヴェンの下へと駆け寄った。

魔槍を手にした騎士を以てしても、竜の相手は一筋縄ではいかなかった。強靭な肉体のあちこちが傷付き、もはや立ち上がる気力すらないのであった。

「首を……」

息も絶え絶えに、スヴェンは言う。

「首を……断つのです」

竜はまだ死んでいなかった。竜という生き物は極めて高い再生能力を持っている。再び起き上がれるようになるのも時間の問題であった。

シグルズが持っていた剣を抜く。

首回りの鱗はスヴェンの奮戦で砕けて肉が露呈している。これなら首を斬り落とせないことはない。

「はっ！」

裂帛の掛け声と共に剣を振り下ろす。鋭い刃が肉に沈んでいく。だが、刃は途中で止まってしまった。

傷が塞がろうとする力に押し戻されそうになっているのだった。シグルズ一人の力では、わずかに足りない。焦りが生じてくる。

だが、剣を握るシグルズの手に、白い手が重ねられた。

ブリュンヒルドが駆けつけたのだった。共に剣を押してくれる。非力な腕力だが心強かった。

加勢によって、少しずつ刃が沈み始める。鍔迫り合うように、二人は剣を押し続ける。

竜の傷口から、血の飛沫が跳ねる。それはブリュンヒルドの肌を酸のように焼いた。呪われた血なのだ。熱さに剣から手を放しそうになったが、意志力で制する。

（やらなきゃ……！）

今が千載一遇のチャンスだ。これを逃せば神竜は人を警戒するようになるに違いない。自分達は神竜に逆らった罪で殺されるだろう。この国の人間が再び竜の真実に気付くことができるのは果たしていつのことか。それまでにどれだけの子供が竜に喰われて命を落とすのか。

ブリュンヒルドは理知的で、それ故冷酷に見える時もある。

だが、本質は真逆だ。

他人の痛みを自分の痛みと思い、怒り、憤れる少女である。

刃はゆっくりとだが、確実に進んでいった。

やがて手応えに至った。

刃は骨を断ち、首を落とした。

断面から滝のように黒い血が流れ出た。血は丘に生えていた草木を枯らしながら地面に染みこんでいった。

ブリュンヒルドは脱力し、剣から手を離した。痺れているし痛い。もう握っていられなかった。

けれど心地よい達成感があった。

(これで……もう誰も喰われなくて済む)

安堵で腰が抜けそうだった。シグルズの方へよろめいてしまう。シグルズの手がブリュンヒルドの肩を抱いた。

「ごめんなさい。うまく立っていられなくて……」

シグルズの腕の中でブリュンヒルドは彼を見上げる。

そして、おかしなものを見た。

自分を見下ろすシグルズ。その瞳に何故か明確な怒りと憎悪が宿っている。

どんと突き放された。血の海にブリュンヒルドは尻もちをつく。

「な、何を……！」

言葉はそこで止まった。

ひゅんという音がして、ブリュンヒルドの視界が半分真っ暗になったからだ。

一瞬遅れて、焼けるような痛みに襲われた。

右眼が、熱い。

「ああっ」

たまらずブリュンヒルドは右の瞳を押さえた。

黒曜石のように美しかった彼女の大きな瞳が、無惨にも縦に両断されている。覆う手。指の隙間から血が流れだす。

シグルズが剣を振り抜いていた。

斬られた。シグルズに。

何故。

「シ、グルズ……？」

ブリュンヒルドは未だ混乱のただなかにいる。

シグルズは冷たい声で言った。

「思い上がったな。竜殺しの大罪人め」

ブリュンヒルドは生まれて初めて、頭の中が真っ白になる経験をした。

「なん、で。どうして」

子供のように疑問を繰り返すしかできなかった。

シグルズは剣を振り上げる。それを見てもなお、既に斬られているのになお、ブリュンヒルドには思えなかった。彼がその剣を自分に振り下ろすとは。

剣の柄(つか)がブリュンヒルドの頭に叩(たた)きつけられた。鈍い音がした。

視界が地面と同じ高さになって、意識が闇にさらわれた。


意識が戻った時、ブリュンヒルドは地下牢(ろう)と思(おぼ)しき場所に幽閉されていた。石造りの壁と、粗悪なベッドだけがあって、ブリュンヒルドはベッドの上に横たわっていた。

牢(ろう)にいるのは彼女だけだった。ファーヴニルもスヴェンも、シグルズもいない。

どうしてこんな場所にいるのだろうとブリュンヒルドは戸惑った。

檻(おり)の向こうに看守と思われる騎士がいた。鍵束を懐(ふところ)にしまうのが見えたのだ。

ブリュンヒルドはベッドから起きると、牢(ろう)の外にいる看守に声をかけた。

「ねえ、あなた。私をここから出してちょうだい。私は竜の巫女(みこ)、ブリュンヒルドよ」

一刻も早くシグルズに会いたかった。会って話を聞かなきゃならない。

熱くなってくる。急がないと無視できないほどに熱くなる。

右眼を焼くような熱が。

だが、ブリュンヒルドに向かって看守は吐き捨てた。

「黙れよ、竜殺しの娘が」

汚い言葉遣いだった。特権階級のブリュンヒルドに対して無礼である。それでブリュンヒルドは自分がもはや巫女ではなく罪人として扱われているのだと理解した。

「シグルズ王子を呼んで。あなたじゃ話にならない」

はっと看守は嘲笑った。

「王子だと？　お前を牢にぶち込んだ張本人だぞ」

「ありえない！」

ブリュンヒルドは叫んだ。

「何かの間違いだわ！」

「間違いだと？」

看守はいやらしい笑みを浮かべながら、ブリュンヒルドの右眼を指差す。

「じゃあ、その右眼はなんだ」

ブリュンヒルドははっとして右眼を押さえる。

指摘されたくなかった。

まだ自分の勘違いなのだと信じようとしていたからだ。

どれだけ痛もうが、熱かろうが、視界が半分になっていようが。

シグルズが私に剣を振るうはずがないのだから。

「違う！　これはなんでもないもの！」

でも痛い。傷が痛い。強く押さえたから赤い涙が指の間から溢れ出した。

痛みがブリュンヒルドに思い知らせる。どれだけ認めまいとしても体は知っている。

それに気付かないふりをしてブリュンヒルドは叫んだ。

「お願い。シグルズに会わせて。話をすればわかるから」

「そんなに会いたいなら会わせてやるさ。七日後の処刑の日にな」

「しょ……処刑……」

かすれた声で言う。

「誰が……処刑されるというの」

「お前以外にいるか。頭の悪い女だな」

看守は言う。

「シグルズ様が直々にお前を処刑するんだよ。竜殺しの咎でな」

ブリュンヒルドは両手で髪を掻きむしった。よろめきながら後退する。

わからない。

わからない。わからない。わからない。

自分の状況が。どうしてこんなことになっているのか。

だが、混乱の中にあってもひとつだけはっきりしてしまったことがあった。

自分はシグルズに裏切られた。もう気付かないふりをするのは限界だった。

「いや……」

彼を信じていた。

「いや」

親友だと思っていた。

「────────────────────────ッ！」

金切り声が響き渡った。日頃、冷静なブリュンヒルドからは想像できない狂乱ぶりだった。

ブリュンヒルドの悲鳴は、別の牢にいるファーヴニルまで聞こえていた。

だが、それはすぐに静かになる。何か殴るようなくぐもった音が聞こえたから、看守が暴力で黙らせたのだろう。だが、しばらくするとまた叫び出す。そしてまた暴力の音が聞こえた。

他人事のように聞きながら、ファーヴニルは思う。

(ブリュンヒルド様。あなたが平素の思考を取り戻せば、ここから出る手段などいくらでも思いつくはずなのに)

けれど、狂乱するのも仕方ないのだとファーヴニルは思った。

ブリュンヒルドはシグルズのことを好いていた。その好いている相手に裏切られた。人の心があるならば、耐えられないことなのだ。とても冷静ではいられない事態なのだ。それくらいは心無い自分でも推測できた。

なら、ここは冷静でいられる自分が主の代わりに思考する局面なのだろう。


三日が過ぎた。連日、地下中に響いていたブリュンヒルドの叫び声が途絶えた。

力尽きたのか、あるいは猿轡でも嚙まされたのか。

だがファーヴニルがブリュンヒルドの身を案じて焦ることはない。

(死刑執行の日取りは決まっている)

それは逆に言うと、執行の日までは命が保証されているということだ。だから彼は焦るどころか、むしろ安心していた。

安心して、その時を待った。


四日が過ぎた。

看守がファーヴニルの牢の前にやってきた。

差し入れられている食事にファーヴニルが手を付けた痕跡はない。

「全く。手間のかかるやつだ」と吐き捨てた後、ファーヴニルの牢に入ってきた。

「テメエの主を見習ったらどうだ。少しは騒がないと面白みがねえ」

ファーヴニルは投獄されてからこの方、身動き一つしなかった。朽ちかけている木製の寝台に死体のように横たわり続けていた。

だから、看守が食事を与えねばならなかった。ファーヴニルもブリュンヒルドと同日に処刑される。死なせるわけにはいかなかった。

看守はファーヴニルを抱き起こす。ファーヴニルはされるがままだ。

そんなファーヴニルを見下ろして、看守は「もうダメだな、こいつは」と思う。

目が死んでいる。主同様、仲間に裏切られたことがよほどショックだったのだろうと看守は推測した。だから動く気力すらない。こうなると生きた屍だ。

看守はいつものようにファーヴニルの口に食事を詰め込む作業を始めようとした。

その油断を、ファーヴニルは待っていた。

暗い目つきをするのは得意である。そういう人間を幼い頃からたくさん見てきた。

死体のように動かなかったファーヴニル、その右腕だけが素早く動いた。

ファーヴニルの爪が看守の右眼を突き刺し、抉っていた。

突如動き出したファーヴニルに、看守が対応できるはずがない。

牢獄に看守の絶叫が響き渡る。だが、それはすぐに途切れた。

ファーヴニルが看守の腰に下がっていた剣、ショートソードを抜くと、躊躇いなく首を斬りつけたからだった。

首を押さえながら、看守は倒れた。即死させることはできなかった。ファーヴニルは古傷のせいで体にうまく力が入らない。暗殺を稼業にしていた頃ならば殺せていた。

無力化した看守の服をまさぐり鍵束を奪うと、ブリュンヒルドの下へ向かおうとした。だが、牢を出る前に、床にうごめく看守のことを考えた。血をだくだくと流しながら悶えている看守。立ち上がることはおろか、声も上げられない。このままでは、ゆっくり死を待つだけだ。

竜に変身させた実験体を思い出す。

アレは、シグルズの従者が処理をしていた。ならばこれも。

ファーヴニルは看守の前にしゃがむ。

（処理した方がいいかもしれない）

そしてショートソードで首を深く斬ってあげた。ぐうと呻いて、看守は死んだ。

苦しみを長引かせてはかわいそうだ。

こういうこと、ブリュンヒルドと会う前は考えもしなかったなとファーヴニルはぼんやりと思った。

牢を出て、ブリュンヒルドを探す。

ファーヴニルが牢の外に出ているのに気付いて、一部の囚人が騒いだ。あまり騒がれると、別の看守がやってきかねない。

「黙れ。静かにしていればお前らも解放してやる」

そう言って、ファーヴニルは鍵束をちらつかせた。効果は絶大で、粗野な囚人たちも静かになった。少しの間は、これで大丈夫だろう。だが、所詮は粗野な囚人だ。いつまた騒ぎ出すかわからない。

ファーヴニルは急ぎつつ、けれど冷静に主を探していた。

そして見つけた。

ブリュンヒルドは、寝台の上に横たわっていた。

ファーヴニルが扉に鍵を差し込む。物音は聞こえているだろうに、反応すらしない。目つきはとろんとしていて、どこを見ているかさえ定かではなかった。ファーヴニルが看守を騙した時のような、生きた屍のふりとは違う。本当に、心が参ってしまっているようだった。

鍵を開け、牢に入る。ブリュンヒルドの体を抱き上げた。

ほんの四日しか離れていなかったのに、変わり果てていた。体はまるで枯れ枝のように軽い。全身が生傷だらけだった。ブリュンヒルドを黙らせるために暴力を振るったとしても、ここまで傷付かないだろう。おそらくは看守のおもちゃにされたのだ。

そのことに対して、怒りは湧いてこない。暗部で腐るほど見てきた光景だからだろうなとファーヴニルは思うことにした。

ブリュンヒルドを黙らせるために口の中に詰められていた布を引き抜く。そこまでして、ブリュンヒルドはようやくファーヴニルに気付いた。

「ファーヴニル……？」

「ええ。助けにきました」

だが、ブリュンヒルドは暴れた。彼女を抱きかかえているファーヴニルから離れようとする。

しかし、衰弱した彼女では体が不自由なファーヴニルにすら力で敵わなかった。

「離して！　助けになんてきてないくせに！　あなたも私を裏切るんでしょう！」

錯乱しているとファーヴニルは判断した。ブリュンヒルドは抵抗を続ける。

「あなただって本当は私のことなんて嫌いなくせに！」

「それはありえません」

即座の断言に、ぱたりとブリュンヒルドの抵抗が止まった。

「あなたが私を見限ることはあっても、その逆はありえない」

ブリュンヒルドは沈黙した。

そして、ぽつりと、弱々しい声で言った。

「……じゃあ、信じていい？　あなたのことは」

「はい」

「頼って、いいの？」

「そのための従者です」

ブリュンヒルドはファーヴニルの服にしがみついた。震えながら、掠れた声で言った。

「お願い。私を助けて」

「かしこまりました。我が君」

二人は牢を出た。

ブリュンヒルドはファーヴニルの肩を借りながら、出口へと歩く。

牢を出る前に、囚人がファーヴニルに叫んだ。

「出してくれるって言っただろ！」

ファーヴニルは鍵束を、牢の外……囚人が手を伸ばしてもぎりぎり届かない場所に放った。

囚人は飢えた犬のような必死さで鍵に向かって手を伸ばし、床をひっかいている。意地悪で届かない場所に投げたのではない。

策がある。彼らは解放するが、それは今すぐではない。少しだけ時間が必要だった。

二人は上階へと続く階段に着く。踊り場に看守がいた。ファーヴニルはブリュンヒルドを丁重に床に座らせると、自分は影のように看守に近付くと音もなく殺した。別の看守から奪ってきたショートソードを、鎧の隙間に滑り込ませて首を貫いたのだった。

人を殺すことに、ためらいはない。

彼の眼は、闇に生きていた時のそれに戻っている。

背後からブリュンヒルドがやってくる。殺した看守からブリュンヒルドは武器を取り上げる。

脱出するために戦うつもりなのだ。しかし、それはもはや形だけと言っていい。弱り切った彼女に戦うことなどできはしない。

今のファーヴニルは肉体労働を大の苦手としている。古傷のせいで筋力も体力もない。非力な自分が剣を持ち、死に体の主と共に戦ったところで、城からの脱出は叶わない。

ならば……とファーヴニルはブリュンヒルドへと頭を下げた。

「主、ご無礼をお許しください」

ファーヴニルが放った鍵束は、囚人がどれだけ手を伸ばしても僅かに届かない場所にあった。鍵を取ろうとしばらくは無駄な努力を続けていた囚人だったが、見かねた他の囚人が言った。

「道具だ！　道具を使えば届く！」

「あるなら使ってる！」

牢には、囚人の私物が一切ないのだ。

けれど、別の囚人が言う。

「服があるだろう服が！」

それで、囚人はハッとした。上着を脱ぎ、それを手にする。服を握ったまま鍵に手を伸ばすと、握った服の先端が微かに鍵に届くようになった。服を引っ掻き棒代わりにして鍵を寄せる。何度も繰り返すうちに少しずつ鍵は囚人に近付き、やがて手が届いた。

ついに囚人は鍵を手に入れた。

「へへっ……」

ガチャガチャと鍵を開けると別の囚人が叫ぶ。

「おい！　俺も助けてくれ！」

牢を出た囚人はそんな声は無視して逃げようと考えたが、思い直した。

大勢で逃げた方が、自分が逃げ切れる可能性が高まるのではないか。

「この貸しは高くつくぜ」などと言いなら、囚人は次々と仲間を解放していった。

大勢の囚人が一斉に城の外を目指す。それは暴動と言ってもいい状態だった。すぐに王城の騎士が気付いて、制圧に臨んだ。

「囚人ども！　大人しくしろ！」

騎士たちは次々と脱走した囚人を捕まえると、連行していく。連行先は元の地下牢とは限らなかった。一人捕まえて終わりというわけではないから、すぐに他の囚人を捕まえに行かねばならない。一時的に近くの小部屋に囚人を閉じ込めたり、拘束したりした。

だから、全く不自然ではなかった。

――暗い目をした騎士風の男が、やつれた女の囚人をどこかへ連行している姿は。

その二人が向かうのは、小部屋でも地下牢でもない。城外である。

二人は堂々と騎士たちの前を通って脱出する。

王城の庭園を抜け、門を目指す。念を入れて、正門ではなく裏門を目指した。幸いにして門兵も囚人たちの確保に出払っていた。

歩きながら騎士風の男が女の囚人へ囁く。

「申し訳ありません。真似事とはいえ、主を従えるようなことを」

騎士風の男は、ファーヴニルであった。

女の囚人はブリュンヒルドである。

ファーヴニルは殺した看守の兜や鎧を身に着け、ブリュンヒルドを連行するふりをして脱走したのである。真似事とはいえ主に対して上から接することにファーヴニルは抵抗があったのだが、男の服をブリュンヒルドが着るわけにはいかないから、ファーヴニルが騎士の役を演じざるをえなかった。

裏門の先は、草原のように緑が広がっている。空気は綺麗で冷たい。ブリュンヒルドを庇いながらファーヴニルは進んでいった。

城からある程度離れた。ここまでくればもう安全と言っていい。城の兵たちはめったにここに来ない。昼間ならば木陰で怠惰な兵が昼寝をしていることもあるが、今は夜である。誰もいるはずがない。

なのに。

「おい」

声をかけられた。ファーヴニルが歯嚙みする。

二人が進んでいる道は、両脇に木々が植わっている。その陰に兵士が休んでいたのだ。

聞こえないふりをして進もうとしたが、ダメだった。

「止まれ。城の兵がどこへいくつもりだ」

喋り方からしておそらく上級の騎士のようである。

(何故、よりにもよってこんな時にこんなところに……)

どれだけ頭が切れようと、不運にだけは対処できない。

背後から足音と、鎧のぶつかる音が聞こえてくる。

「その女は、囚人だな？　何故囚人を連れて歩いている」

「……この者を、別の牢へ移すように命じられているのです」

自分で言っていて苦しい言い訳だと思った。無理もない。沈黙を避けるために言った口から出まかせである。ファーヴニルは喋りながら、この窮地を乗り切る方便を考えている。

「そんな話は聞いていないな。あるとしても……こんな夜中に？」

明らかに不信感のある声だった。

足音が止まった。それは騎士がファーヴニルたちの背後に立ったことを意味していた。

背後から、明確な敵意を感じる。

ブリュンヒルドが懐でショートソードを抜く。戦う気なのだ。だが、相手は訓練を受けた正規の騎士。しかもこちらを警戒しているとあれば、隙もないだろう。

ブリュンヒルドの手が震えている。怯えているのだとファーヴニルは思った。

「女、こっちを向け」

騎士がブリュンヒルドの肩に手をかけようとした。

「危険です！」

ファーヴニルは叫んだ。

「その女は疫病に侵されているのです。触れれば、いや、近付くだけで感染します。夜中に移送するのも、人との接触を避けて感染の被害を減らすためなのです」

緊張が走る。これが通らなければ終わりだ。

「……ふむ」

騎士は思案した後、言った。

「そういうことは早く言え。お前も感染しないように気を付けることだ」

背後からの敵意が消えた。足音が遠ざかっていく。

ファーヴニルは安堵して、ブリュンヒルドとともに先へ進む。

ブリュンヒルドは手にしていたショートソードを鞘に戻そうとする。

が、うまくしまえなかった。

剣先が、鞘にぶつかる。その小さな衝撃にもブリュンヒルドの手は耐えられなかった。剣はブリュンヒルドの手から離れて、地面へと落ちていく。

ショートソードを持つブリュンヒルドの手は震えていた。怯えているからだとファーヴニルは思った。

だが、違った。

体力の限界だったからである。傷だらけの手は、剣を握ることもままならない状態だった。

ファーヴニルがショートソードを拾おうとしたが届かない。

かつんという高い音が、夜の静寂を切り裂いた。

不運にもショートソードは路傍の石にぶつかった。そしてくるくると回転しながら、騎士の足元へと滑っていった。

再び、敵意を感じた。さっきよりもずっと強大な敵意だ。押しかかる沈黙の圧に潰されそうになる。

「……何故、囚人が剣を持っている？」

取り繕う言葉など思いつかない。

背後から足音。騎士が二人へと向かってくる。

——殺すしかない。

ファーヴニルは騎士の装いをしている。だから、剣も携帯していた。それを抜き、振り向きざまに一閃しようとした。

だが、即座に止められる。相手の騎士は習熟した動きで、ファーヴニルの手を打ち据えた。骨が折れたのではないかと思うほどに強烈な痛みがファーヴニルを襲った。剣を抜くことすらできなかった。

振り向いたファーヴニルと騎士の目が合う。

「お前は……」

騎士はスヴェンだった。夜の闇の中でも黄金の髪が輝いている。

「どうして、ここに……」

スヴェンが驚いている隙にどうにか逃げる算段を立てようとするが、どれもうまくいきそうにない。

相手がスヴェンというのは、考えうる中で最悪のケースだ。

(何故幽閉されていなかったのかと不思議だったが、まさか騎士を続けているとは)

彼はシグルズの一番の騎士である。その妄信ともいえる忠義は揺らがない。シグルズが死ねと言ったら死ぬような人間だ。シグルズがブリュンヒルドの敵となった以上、スヴェンも間違いなく敵であるし、説得も不可能である。

武力で突破するなどもってのほか。神竜を相討ちに持ち込めた相手など。

「その女は、ブリュンヒルド様か……」

ファーヴニルがブリュンヒルドを背後へと押しやる。

「……そうだ」

ブリュンヒルドが剣を拾おうとしゃがんだ。だが、それだけだった。

もう立ち上がる力すらない。どれだけ力を入れようと、細い足が震えるだけだった。

「お前たち、シグルズ様から逃げる気か」

スヴェンがファーヴニルを睨む。

無双の騎士が魔槍を構える。刃は無慈悲な光を纏っている。

終わりだ。

自分達は牢に戻されるだろう。あるいは戻されることもなく殺されるか。

せめてブリュンヒルドだけでも逃がす策はないかと考えるファーヴニルが、不思議なものに気付いた。

スヴェンが苦悶の表情を浮かべているのだ。

ややあって、スヴェンは信じられない言葉を口にした。

「……木陰に、馬を止めてある」

そう言って、二人に背を向ける。

「何故……」

情けをかけられていることはわかっている。だが、シグルズの一番の騎士がどうして自分達に情けをかけるのかわからない。

「今はシグルズ様の命を受けていない。さっさと失せろ！」

魔槍を握る手が震えている。怒りのせいだ。

心変わりして襲ってこないとも限らない。一刻も早く離れなければ危険だとファーヴニルは判断した。

ブリュンヒルドを庇いながら、木陰に向かった。そこにいた栗毛の馬に二人で乗ると、夜の町へと逃げていった。夜中に馬を駆るのは危険だが、悠長なことは言っていられない。

スヴェンはずっとファーヴニルらに背を向けていた。

馬を走らせながら、ファーヴニルはスヴェンのことを考えていた。

どうしてスヴェンはあんな気まぐれを起こしたのか。何故あんなに苦しそうな顔をしたのか。

いくらシグルズの命を受けていないとはいえ、自分達を逃がすことがシグルズに利しないことくらい彼もわかっているだろう。シグルズとの間で何かあったのだろうか。

（……それは今考えるべきことではないか）

今は安全な場所を確保することが最優先事項だ。

ファーヴニルの背後にはブリュンヒルドがいる。両腕でファーヴニルにしがみついている。その力は強い。馬から振り落とされないようにしているだけならば、こんなに強くしがみつく必要はないのに。

「今頃、騎士たちが血眼になって私たちを探しているはず。彼らに見つからない隠れ家にあなたをお連れします。犬小屋ですが我慢してください」

返事はない。

闇の中、蹄が地を蹴る音だけが響いている。

ファーヴニルが案内したのは、庶民向けの料理亭だった。

錆びついた看板にはベレン亭と書かれている。

中に入る。薄汚れた店だった。まともな料理は提供していないようにすら見える。

亭主がブリュンヒルドらを出迎えた。恰幅のいい男性だが、親しみやすさはない。額に走る古傷と、何よりファーヴニルに似た光のない瞳が近寄りがたさを感じさせる。

「おや、珍しい客が来たものだ」

亭主が目を細めてファーヴニルを見る。

「もう足を洗ったんじゃないのか、ファーヴニル？」

「しばらく匿ってもらいたい」

「……仕方ないな」

事情を聴きもしないで、亭主は了承した。

亭主に案内されたのは薄汚れた一室だった。とはいえ最低限の調度品はあるから、地下牢に比べれば遥かに上等である。

「悪いがここしか空いていない。昔馴染だからって贔屓はできないぞ」

「一室あれば十分だ」

亭主が去り、ブリュンヒルドとファーヴニルだけが残される。

ここは、ただの宿付きの料理亭でない。

後ろ暗い事情を持つ人間の隠れ家だ。

料理の売り上げではなく、隠れ蓑の提供や闇医者の手配、暗殺者などの斡旋、体に良くない薬の販売、表の世界では手に入らない情報の売買を主な稼ぎとしているのである。

ここにいる限りは、騎士団に見つかることもない。宿の売り上げの一部は、個人的な収益として騎士団長に流れる仕組みとなっているのだ。

ファーヴニルらは金を持っていなかったが、それも問題にはならなかった。王国の暗部に生きていた頃のファーヴニルはこの宿の益となる行動を何度も取っていた。その時に売った恩を返してもらっている。暗部の人間は不思議なことに堅気の人間よりも信頼関係を大事にする傾向にあった。それはきっと裏切った際に受ける制裁が、光の世界以上に残酷だからだ。

宿に関して、ブリュンヒルドがこういったことを質問してくるとファーヴニルは思っていたのだが。

彼女は何も聞かなかった。

思考力は欠片も残っていないようだった。

呆然自失としている彼女から伝わってくるのは無力感。

ファーヴニルの服の裾を、固く握っている。何もできない子供のように。

痛ましいばかりだった。

介抱の日々が始まった。

抜け殻のようなブリュンヒルド。その汚れた体を拭き、傷の手当てをし、食事を摂らせる。

スプーンに掬ったスープをブリュンヒルドの口に差し入れながら、ファーヴニルは思った。

かつて、こういうことがあったなと。

あの時は逆だった。

死にかけている自分を、幼いブリュンヒルドが介抱していた。

逆転する日が来るなどとは、夢にも思わなかった。

夜が来るとブリュンヒルドは錯乱に近い状態に陥った。

眠るのが怖いらしい。正確には眠っている間にファーヴニルに置いてけぼりにされるのではないかと怯えているようだった。裏切られることが強いトラウマになっていた。

目を閉じている間は、ファーヴニルが触れてくれていないとブリュンヒルドは不安だった。

だからブリュンヒルドが安眠するには、ファーヴニルに寄り添ってもらうほかなかった。

ブリュンヒルドと共に寝ることに、ファーヴニルは抵抗があった。自分のような人間はあまり触れない方がいいと思っているし、何より人と触れ合うのが苦手だ。

だが、触れていることが彼女の安眠に、ひいては精神の回復に繋がるとわかっていたから寄り添うことを決めた。心の傷付いた者への接し方を彼は心得ていた。

どれだけ錯乱していても、ブリュンヒルドはファーヴニルに触れられると落ち着くことができた。安心しきった寝顔は、まるで赤子のようだった。

ファーヴニルは丁寧にブリュンヒルドの世話を続けた。ほとんど反応がないブリュンヒルドに文句を言ったり、飽きたり、うんざりすることもなかった。けれど、それは彼が優しいからではない。ただ単調な作業が得意だというだけだった。

だが、傍から見れば献身的な介抱はブリュンヒルドに心の安定を取り戻させた。

一か月が過ぎた頃、ブリュンヒルドがようやく口を開いた。

「……本当に、私を助けてくれたのね」

驚く様子もなく、ファーヴニルは返事をする。

「最初に申し上げたはずです。お助けすると」

ブリュンヒルドは謝った。

「ごめんなさい。あなたを信じることができなくて。あなたは何も悪いことをしていないのに」

シグルズの裏切りが、ブリュンヒルドを極度の人間不信にしていた。かつては人を信じ、困っている人に躊躇うことなく手を差し伸べることのできた少女を。

「シグルズのことですが、私に考えがあります」

この一か月、考えていたことを口にする。

「復讐をしましょう」

ファーヴニルなりに、ブリュンヒルドのことを考えて、出した結論だった。

「あなたの手は汚させません。私が手を下します」

先回りの言葉だ。ブリュンヒルドに人殺しなんてできないこともわかっている。

「一言命じてくだされば、ただちに」

暗殺する方法はいくらでも思いつく。実際に国の要人を密かに葬ったこともある。王国の暗部に生きていた彼には、これこそが本分だ。

「ありがとう。私のためにそこまで言ってくれて」

やっと自分の能力を主のために役立てる時が来たのだなとファーヴニルは思った。

「でも、その命令はしないわ」

予期せぬ答えだった。彼が見てきた人間の多くは、自分が傷付けられたら復讐を望むものばかりだった。

「その右眼は、疼くのではありませんか」

ブリュンヒルドの右眼は、シグルズに潰されている。今は眼帯に隠されている瞳に、ブリュンヒルドは触れる。

「右眼は疼くわ」

「なら」

「でも」

続く言葉は、全く予期していないものだった。

「それでも、彼のことが好きだから」

言葉の意味がわからず、ファーヴニルの思考が停止した。

「傷付けられ、殺されかけて。まだ?」

嫌いになるのが、自然な心の動きではないかとファーヴニルは考えていた。

「憎しみや怒りが、ないのですか」

「あるわ。でも、彼を傷付けたいとは思わない」

「好きだから?」

ファーヴニルの問いに、ブリュンヒルドは頷いた。

「どうして私を裏切ったのかは知りたいし、できればもう一度話をしたいとは思う。でも、もうそれだって危険だわ。だから、もういいの」

ブリュンヒルドは困り笑いを浮かべた。

「これからは、暗部でひっそり生きていくわ。悪いことも覚えないとね。教えてくれる?」

「……ええ。ブリュンヒルド様なら、すぐに覚えられますよ」

覚えることはできるだろうが、実践はできないだろうなとファーヴニルは思った。

その晩、眠るブリュンヒルドを見つめながらファーヴニルは考えた。

ブリュンヒルドがシグルズに復讐をしない理由のことを。

好きだから。

好きだから、傷付けたくないのだという。憎しみも怒りもあるのに、復讐をしたくないという。

不可解な感情だ。

ファーヴニルには不可解なことにもう一つ心当たりがあった。

自分が、ブリュンヒルドを牢から助け出したこと。

この一か月、どうして彼女を助けたのかを考えていた。だが、自分で自分の行動に説明がつけられない。

処刑されたくないというだけなら、単身で逃げればよかった。

なのに、何故。

初めて会った頃は、彼女の言動に苛立っていたはずなのに。いや、今だってそうなのだ。彼女の優しさとやらに慣れはしたが、苛立っていないわけではない。

自分を苛立たせる娘を、何故助けたのか。

その不可解な行動も、これで説明がつくのかもしれない。

(私が、彼女のことを好きならば)

好意とは理屈に依らない感情だという。だから、不可解な行動にも説明をつけることができる。できはするが。

本当に好きならば、ブリュンヒルドが傷付けられている時に取り乱したりするのではないか。

収まりの悪さは否めずにいた。

ベレン亭で供された食べ物はお世辞にも栄養価が高いとは言えなかったが、ブリュンヒルドの体調は良くなっていった。精神的に安定したことが大きかった。

牢を脱して二か月が過ぎると、つきっきりでブリュンヒルドを世話する必要がなくなったので、ファーヴニルは亭主を介して様々な情報収集を開始した。

シグルズについての情報も収集した。

何故ブリュンヒルドを嵌めたのか、その理由を知りたいとブリュンヒルドが零したのを忘れていなかったからである。

結果、ブリュンヒルドが投獄されてすぐにシグルズが王に即位したことがわかった。前王は謎の死を遂げていた。

ブリュンヒルドの家は取り潰されていた。彼女の家臣たちは路頭に迷っている。

「巫女であるブリュンヒルド様を幽閉したことで、この国の最高権力者となったようです」

巫女は特別な地位である。託宣や占い、予言によって王へ進言・諫言できる立場であった。その巫女がいなくなったため、独裁が可能となったのだろう。

「この国の最高権力者になる。それがシグルズの狙いだったのかもしれません。だから、巫女が邪魔だった」

「それで巫女である私に竜殺しの汚名を着せたのかしら」

だとしたら、シグルズは幼い頃からずっと、自分のことを疎ましがっていたに違いない。

「馬鹿ね、私……。気付きもしなかった」

気付くどころか、最も信頼できる人間の一人だとさえ考えていた。

今ですら……。

「ただ、私には……」

ファーヴニルは言葉を切った。

「最後まで言いなさいよ」

「……私にはシグルズがブリュンヒルド様を疎んでいるようには見えませんでした。もっとも、それは私の目が節穴だっただけの話。あの男は、私が想像していたよりも遥かに狡猾だったのでしょう」

「……そうね」

(神竜から民を守ろうとしていた彼の姿が嘘だったなんて、私にも……)

「……ファーヴニル、当たり前のことを聞いていいかしら？」

「なんでしょうか」

「神竜への生贄は、もう止まっているわよね？」

ブリュンヒルドが神竜を殺したのだ。止まっていて当然である。

だが、ブリュンヒルド自身は竜を殺してそのまま幽閉されてしまったので、実際にどうなったのかは聞いていない。

「生贄は、竜の死と共に止まっております」

それを聞いた時、ほんの少しだけブリュンヒルドは心が安らいだ。

シグルズに裏切られたこと、幽閉されたこと、全てが痛くて悲しい。

だが、それでも生贄の悪習を止めることができたなら、自分達が竜と戦ったことに、意味があったと思える。

ブリュンヒルドの表情は微かにだが、柔らかくなった。だから、ファーヴニルはその続きを話すことをためらった。しかし、言わねばならない。

「生贄は止まりましたが、月に七人ほど行方不明者が出ています。先月も、先々月も」

「……なんですって？」

「我々が幽閉されるのと同時に、行方不明者が出るようになりました。何を意味するかは、わかりかねますが……」

（まさか神竜が生きていて……）

そんなはずない。神竜の首を断ったのは、他でもないブリュンヒルドなのだ。滝のように溢れ出る血を見た。アレで生きていたのなら、それこそ神秘でしかない。

けれど、竜が死んだのと時を同じくして、月に七人ずつ人がいなくなり始めたとしたら、偶然とも思えない。

「行方不明者……ということは、死体は上がっていないのよね」

「その通りです」

「……だったら、この国の大きな組織が関わっているのでしょうね。月に七人の人間を闇に葬り続けられるほどの力を持った組織。騎士団や教会や商会、シグルズ王」

「あとは暗部の権力者くらいでしょう。いずれにせよ目的がわかりませんが」

どの組織が関わっているとしても、月に七人も闇に葬る動機がわからない。

……まるで神竜に動かされているみたいに。

「いけません。ブリュンヒルド様」

何を言い出すか察しがついたファーヴニルが、先んじて制する。

「行方不明者の件に、介入すべきではない。見ず知らずの人間のために危険を冒すのはもうやめてください。あなたはもう、十分にやりました」

ファーヴニルの言葉を、褒められたと受け取ったからだろうか。ブリュンヒルドは笑った。ここしばらく見ていない、無邪気な笑みだった。

「確かに……私にしては頑張った自負はあるわ。でも、結果が出なければ意味はないのよ」

こういう結果主義的な思考や頭の回転の速さは、自分に似ているとファーヴニルは思う。

「私は決めたの。誰も竜の犠牲にしないって」

なのに、この人は暗部で生きていくにはとことん向いていないとファーヴニルは思う。

「シグルズ王の周囲を捜査してくれる？　行方不明者とシグルズ王は、細い糸でつながっているように見えるの。弱い手がかりだけど、商会や教会を闇雲に探るよりは手応えが期待できると思うのよ」

「それは、命令ですか」

「ええ、命令よ」

主に命じられては、従者は従うほかかない。

第二章

時は、神竜を襲った晩まで遡る。

シグルズは、ブリュンヒルドが斬られるのを見ていることしかできなかった。

いや、正確に言うのならば、自分の体が勝手にブリュンヒルドを斬るのを見ていることしかできなかったとすべきか。

あの夜、シグルズは竜の首に刃を振った。

自分一人の力では足りなかった。だが、駆けつけたブリュンヒルドが手を重ねてくれた。それで心が奮い立って、体の奥底から力が湧いてくるのを感じた。

剣が竜の首に沈んでいき、ついに落とした。

ブリュンヒルドはシグルズの方へよろめいた。安堵でふらついたのだ。その華奢な体を両手で受け止めた。

「ごめんなさい。うまく立っていられなくて……」

「いいんだ。手を貸してくれてありがとう」

　そう返そうとした時だった。

　突然、体の自由が利かなくなった。

　何か、病気の発作でも起きたのかと最初は思った。だが違う。何かが自分の体に入ってくるのを明確に感じた。

　シグルズの手は、ブリュンヒルドを突き飛ばした。

　手が、勝手に動いた。

　血の海に倒れたブリュンヒルドが、狼狽える。

「な、何を……！」

　自分を見上げるブリュンヒルドの瞳に戸惑いの色が浮かんでいる。

　また手が勝手に動く。剣を握っている手が、勝手に振りかざされていく。

　自分の体に入ってきた何かが、シグルズの手を無理やりに動かしている。シグルズは叫ぼうとした。「やめろ」と叫んだつもりだった。だが声は出ない。口すら動かない。

　剣がブリュンヒルドの右眼を両断した。

「ああっ」

　ブリュンヒルドが右眼を押さえた。シグルズが昔から美しいと思っていた、大きな黒曜石のような瞳から血が流れだした。涙のようだった。

「シ、グルズ……？」

斬られてなお、ブリュンヒルドがシグルズに敵意を向ける気配はない。自分のことを信頼しきっているのが伝わってきて、辛かった。

「なん、で。どうして」

疑問を繰り返すブリュンヒルドにシグルズは叫んだ。

逃げろ。俺から離れろ。

声にならない声では届かない。

無抵抗のブリュンヒルドの頭を斬りつける。だが、何かはうまく体を扱えなかったのか、間合いを誤った。結果、剣の柄でブリュンヒルドの頭を思い切り殴りつけることになった。ブリュンヒルドは倒れて、動かなくなった。最後まで防御する素振りすら見せなかった。

強烈な失意がシグルズを襲った。何も考えられない。だというのに、体は戦闘態勢を解かない。

まだ、その場には動く者がいたのだ。

ブリュンヒルドの従者、ファーヴニルである。隠し持っていた短剣を抜き、抗戦しようとしていた。ブリュンヒルドを救出しようとしているのだ。

ブリュンヒルドを助けてほしいと思ったが、シグルズの剣は容易くファーヴニルの短剣を弾き飛ばした。今のファーヴニルは肉弾戦が不得手なので対応できない。ファーヴニルもまた殴りつけて気絶させた。

シグルズの中の何かが、ブリュンヒルドとファーヴニルに止めを刺そうとする。

だが、それはできなかった。どうやらシグルズの中に入ってきた何かは、まだシグルズの体を使うことに慣れていないらしい。病気にかかったかのようによろめく。剣を握ることはもうできないようだった。何かは、神殿の柱に背を預けて座り込んだ。

しばらくすると、シグルズの親衛騎士たちがやってきた。王城に王子がいないことを知った騎士が探しに来たのである。シグルズは騎士にブリュンヒルドを殺すように命じると同時に気を失った。だが、兵たちがすぐにそれに従うことはなかった。いかに王子の命令とはいえ、殺害の対象が巫女である。万一、命令を聞き間違えていたら取り返しがつかない。騎士たちはひとまずブリュンヒルドらを幽閉することにとどめた。

侵入者が自分の体で好き放題するのを、シグルズは他人のように見ていることしかできなかった。

それからも体の支配権が戻ることはなく、侵入者はシグルズのふりをして生活をし始めた。

やがて気付いた。侵入者の正体に。

これは、神竜だ。

神竜の魂が自分の中に入ってきたのだ。そして、体を乗っ取った。

老猾な竜が用いる最大の秘術のせいだった。生への執着が生んだ呪い。肉体が死した時に魂を別の肉体に移して支配できるらしい。

最初にわかったのはそれだけだった。

肉体の中で、魂と魂が肉を介さず接触しているからだろうか。

神竜の記憶が、徐々にシグルズの中へと流れ込んできた。

神竜がどこから来たのか、何故人を喰うのか、どうして自分の中へ入り込んできたのか……。

それらを知ったが、知ったところでどうすることもできない。

体の支配権は、もう自分にはないのだから。

いくら叫ぼうが足掻こうが、指一本すら自分の意思で動かせない。

だが、諦めるわけにはいかなかった。

神竜は、ブリュンヒルドを処刑しようとしていたからだ。

しかし、一向に体の支配を取り戻せないまま、時だけが過ぎていった。

だから、ブリュンヒルドが脱獄したと聞いた時は、ひどく安堵したし、胸のすく思いだった。

安息は長くは続かなかった。

神竜が、人を喰う日が来たからだ。

近衛の騎士がさらってきた何も知らない民。暗室に閉じ込められた彼らをシグルズは喰い始めた。

そのおぞましさと言ったらない。

口の中に残る血管を食いちぎる感触、生肉の触感、血の生暖かさ。

なのに、シグルズはそれを止められない。吐き出すこともできず、目を逸らすことすらできない。気が狂いそうだった。


昼も夜も関係なく、シグルズは自分の体の中で暴れた。暴れに暴れたが、神竜はシグルズのことを歯牙にもかけなかった。無駄だと神竜にはわかっている。

しかし、ある晩、それは起こった。

指の先を動かすことができたのだ。

それは神竜が眠っている時、それも深い眠りの中にいるときのことだった。一晩のうちの数十分、竜の魂は目覚めることない眠りに落ちる。その間だけならば、体の支配権を取り戻せそうだった。

自分の体が横たわっているベッドからシグルズは転げ落ちる。落下の軽い衝撃が体を襲う。

久しぶりに、五感で外界を感知した。泣き出したいくらいの喜びだった。

だが、感傷に浸っている時間はない。神竜が眠っている時間は短い。その間に自分のやるべきことを果たさなくてはならない。

すなわち自殺である。

自分が死ねば、王国の人間が喰われることはなくなる。幸いなことに、竜は今、憑依の秘術を使えない。死に抗う術を用いるには大変な準備が必要だと竜と記憶を共有するシグルズは知っていた。今こそが神竜を殺す最大の好機なのである。

部屋に飾ってある刀剣を手に取ろうと手を伸ばした。

が、そこで止まった。

体の支配権を竜に奪われたからではない。神竜はまだ深い眠りの中だ。

シグルズが停止したのは、視界に入った自分の手が人間のそれではなかったからである。

伸びている右手は、鱗に覆われた竜のそれ。

シグルズの体は竜になっていた。

体長は三メートルほどの純白の竜。小柄な神竜とでも言うべき姿だった。

シグルズは理解した。おそらくは竜に憑依されたことが原因で、自分の体は竜に変質してしまっていたのだ。今日まで人間の姿をとどめていたのは、神竜が人に変身する術を行使していたからなのだろう。

その術が使えないシグルズは、人間の姿にはなれない。

(せっかく支配を取り戻したのに、この体では……)

悪い予感は的中した。

竜の体では、自殺ができない。

竜の手では、刀剣の類がうまく持てない。持てたとしても硬い体表を貫けない。弱点となる部分はことごとく硬い鱗で守られている。不器用にどうにか傷を負わせたところで、今度は強い再生能力が邪魔をする。

他人の力を借りることができれば、死ねたかもしれない。だが、竜の口では人の言葉は話せない。話せるのは『竜の言霊』だけ。従者であるスヴェンならば、魔槍の一刺しで殺せるに違いないのに、殺してくれと伝える手段がない。

何日か奮戦したが、結局自分では死ねないことが明らかになるだけだった。

その夜もシグルズは死ぬ方法をさまざま試したが、どれもうまくいかなかった。

絨毯に転がったサーベルを、力ない瞳で見下す。

諦めてしまいそうになる。

だがシグルズはかぶりを振った。

ダメだ。諦めては。

騎士団は神竜の命の下、ブリュンヒルドを探している。ブリュンヒルドは今のところうまく隠れているが、永遠に逃げ延びられるとは思えない。見つかれば、彼女の命はない。

右眼を斬りつけた時の光景が蘇る。

これ以上、ブリュンヒルドを傷付けたくなかった。

ブリュンヒルドの顔を思い浮かべた時、シグルズは気付いた。

（……そうだ。ブリュンヒルドなら）

ブリュンヒルドは巫女だ。『竜の言霊』が通じるではないか。

自分の現状を伝えれば、殺してくれるかもしれない。

すぐにブリュンヒルドを探しに外に出ようと思ったが、窓辺まで近寄って止まった。

(これ以上、ブリュンヒルドに迷惑は……)

右眼を潰しておいて今更だが、巻き込みたくないと思った。

それに、どんな顔をして会えばいいのかわからない。神竜に操られていたとはいえ、彼女を傷付けたのはシグルズなのだ。

ブリュンヒルドは自分のことを信じていた。斬りつけられてもなお、身を守る素振りすら見せないほどに。

だが、きっと今の自分を見たら恐怖するはずだ。殺しに来たと思うに違いない。

(彼女を怖がらせたくは……)

シグルズは窓辺から離れた。そうすると少し、気分が楽になった。

それで気付いた。

(ああ、そうか。俺はブリュンヒルドを怖がらせたくないわけじゃ、ないんだな)

怖がっているのは自分の方なのだ。

ブリュンヒルドに怖がられるのが、軽蔑されるのが怖い。

彼女のことが好きだから、耐えられない。想像するだけで胸が痛くなった。

でも、だからシグルズは再び窓辺に近寄った。

彼女を守るためじゃなく、自分を守るために逃げるのは嫌だった。

竜は巫女を探しに窓から飛んだ。


夜空を飛びながら、竜は名を呼んだ。

『ブリュンヒルド！』

大声で呼びながら寝静まった町の上空を行く。だが、人々が起きる気配はない。彼の言葉は『竜の言霊』だからだ。聞くことができるのは彼と同じ竜か、巫女だけである。

『ブリュンヒルド！』

うらぶれた路地に通りかかった時、反応があった。

『誰！』

ひどく狼狽しているが、間違いない。ブリュンヒルドの声だ。

『神竜？　やはり生きていたのね』

そう思うのも無理はない。彼女は『竜の言霊』を話す竜を神竜しか知らないのだから。

『違う。俺は……』

シグルズは伝えた。

『俺はシグルズだ』

『ふざけないで！』

声は激怒していた。こんなにも怒っているブリュンヒルドの声を聞くのは初めてだった。

『私の友達の名を騙るのは許さない』

まだ友達と言ってくれることが嬉しくて、辛かった。

『信じてくれ。俺はシグルズなんだ……』

言っていてまずいと思った。こんな言葉、誰が信じると言うのか。賢いブリュンヒルドならなおのこと。

案の定、ブリュンヒルドからの返事はもうなかった。おそらくは声を頼りに自分の居場所を突き止められるのを警戒したのだ。

『黙っていていい。そのまま聞いていてくれ』

だが、何を話せばいい？　ブリュンヒルドに自分を殺させるにしたって、とても姿を見せてくれるとは思えない。

シグルズは考えて、決めた。

『初めて会った時のことを、覚えているか』

自分をシグルズなのだと信じてもらうために、二人しか知らないことを話した。

それでもブリュンヒルドは一言も返事をしなかった。

ブリュンヒルドからすれば、死んだはずの神竜が話しかけてきているようにしか聞こえないだろう。死さえ超越した相手ならば、何らかの術で二人しか知らない記憶を知っていてもおかしくないと警戒しているのかもしれない。

(これでは、信じてもらうのは難しい)

弱気になった時、竜の魂が目覚めようとしているのを感じた。町中で竜を目覚めさせてはいけない。

『すまない。自分が夜中に体の支配権を奪っていることがばれてしまう。

今日はここまでだ。だが明日も必ず来る。だから信じてほしい。俺のことを』

シグルズは飛び立ち、王城の部屋へと帰った。

それからシグルズは、毎夜、ブリュンヒルドの下へと飛んだ。

竜が深い眠りについている時間はまちまちで、一時間以上眠っている時もあれば、十五分足らずの時もあった。だが、一言しか喋(しゃべ)る時間がなくても、欠かさずにブリュンヒルドの下へと向かった。言ってしまうなら話す情報はあまり重要ではない。二人しか知らない記憶を話してなお、信じてもらえなかったのだから。

大事なのは、彼女の下に通い続けること。

信じてもらいたいのなら、どれだけ時間がなくとも毎日通うのが誠意だと考えていた。

ブリュンヒルドは一言も返事をしない。

一人で喋(しゃべ)り続けているのではないかと不安になる時もあったが、聞いてくれていると信じて夜闇へと話し続けるのだった。

自分を殺してもらうそのために。

シグルズに憑依した神竜は、最初はスヴェンのこともブリュンヒルドらと共に処刑するつもりだった。

だが、彼が自分——正確にはシグルズ——を見る目を見て、思い直した。それが心服する者の目だったからだ。神竜を盲目的に信仰する者の目に似ていた。

ならば、使い道もあるかもしれないと神竜はスヴェンのことだけは助けた。

スヴェンは自分と共に竜殺しの罪人を捕まえた英雄ということにして、側近の地位を与えた。

スヴェンは民から英雄視されるようになった。

尊敬の念を向けられるようになった。特に子供たちから。

今日もスヴェンが町へ出ると、無邪気な子供にこう言われた。

「大きくなったら、スヴェン様みたいな騎士の中の騎士になります」

スヴェンは曖昧に笑ってごまかすことしかできなかった。そんな自分に反吐が出る。

いつから自分は、こんな欺瞞に満ちた人間になってしまったのだろうか。

少年は言った。「騎士の中の騎士」と。

今の自分ほど騎士から遠い者はいないだろう。騎士とは力なき民を守るものだが、スヴェンは知っている。力なき者が食い物にされていることを。

(シグルズ王は何故、何も言ってくれないのか……)

竜を襲った夜のことはよく覚えている。シグルズとブリュンヒルドが懸命に竜の首を断とうとするのを、スヴェンは倒れながら見ていた。起き上がって手を貸したかったが、竜との戦いで負傷しており、もはや指ひとつ動かなかった。

だが、スヴェンが力を貸さなくとも、二人は竜の首を切り落とした。それでもう大丈夫だと安心した。

なのに、王子は凶行に走った。

一体、何を考えていたのか。シグルズはブリュンヒルドの目を斬りつけて、その従者と共に地下牢へと連行した。スヴェンは何度も二人を解放するように談判したが、受け入れられなかった。

(どうしてシグルズ様はブリュンヒルド様を裏切ったのか……)

裏切った。そう今考えた。

けれど、何かが変だとも感じている。

裏切ったことは間違いない。だが、それまでのシグルズの態度……つまりともに竜を殺し、この国の人々を救おうとしていたシグルズが嘘を吐いていたようには、スヴェンには見えなかった。

スヴェンには、自分が馬鹿だという自覚がある。

それにしたって、この発想はどうかと自分でも思うのだが……。

(あの夜以来シグルズ様は別人になってしまったのではないか)

誰にも話せない。頭がおかしくなったと思われるだけだ。

シグルズの見た目は変わっていない。だが、別人なのだ。根本的な何かが違う。

やがてシグルズは王へと即位したが、ブリュンヒルドらが調べ上げた神竜の真実を民に知らせる様子はなかった。シグルズが嫌ったはずの隠蔽と捏造を行って、ブリュンヒルドたちは悪人扱いである。

いっそのこと、シグルズを裏切ってしまおうか。

地下牢へ向かい、ブリュンヒルドらを助け出し、シグルズ王を殺して、民に真実を伝える。

その方が自分の信じる正義には適っている。

それをしなかったのは、彼がシグルズの騎士だからである。騎士としての矜持が、主を裏切ることを咎める。それに、自分では計り知れない深いお考えがあるのかもしれない。

ブリュンヒルドが脱獄した時、シグルズはスヴェンを呼び出して命じた。

「すぐに処刑するつもりだったが、気が変わった。ブリュンヒルドを捕らえよ。そしてこの玉座に連れてこい」

「はっ」

その命令で、スヴェンは気分が明るくなった。

「玉座に連れてくるということは、ブリュンヒルド様と対話をなさるおつもりなのですね」

今日までシグルズはブリュンヒルドと一切接触しなかった。接触がなければ、関係が修復されるはずはない。シグルズはブリュンヒルドを裏切ったことについて何か深い理由があっても話さなければ伝わらないのだ。

昔のシグルズに戻ってほしい。昔のようにブリュンヒルドと仲良くなってほしい。

それがスヴェンの願いである。

だが。

「言葉を交わすつもりはない。あの女には私の胤（たね）を授けるだけだ。私から逃げてみせた褒美である」

スヴェンは絶句した。

やはりシグルズの言葉とは思えない。だって、スヴェンは知っているのだ。シグルズがブリュンヒルドに恋をしていたことさえ。どうしたらブリュンヒルドが振り向いてくれるかなどという相談まで受けたことがある。そのシグルズがブリュンヒルドにこんなひどいことをしようとするなど。

「あなたは、ブリュンヒルド様のことがお好きだったはず」

「……ブリュンヒルドは歴代の巫女の中でも特に彼女に似ている。だが、私に歯向かった以上、生かしてやる道理はない。次の巫女を産ませたら処刑する」

シグルズが何を言っているのかわからない。「それはどのような意味でしょう」

「お前が知る必要はない」騎士は、主の命令に従っていればいいのだ」

それを言われれば、騎士スヴェンは反論できない。

スヴェンの顔は苦渋に歪んだ。いよいよ精神的に限界だった。

スヴェンは思い悩みながらも、ブリュンヒルドを探すために町へ出た。主君のため。己が奉じる騎士道のためにそうした。

手掛かりはないが夜中になるまで歩いていた。

(見つからないでほしい)

主の命を果たしたくない。どうしてもそう思ってしまう自分がいた。

その晩も、シグルズは町のどこかにいるブリュンヒルドへと話しかけ続けていた。

竜がいるのは大聖堂。

大きな鐘の陰から、この竜はブリュンヒルドに話しかける。

鐘に向かって話すことで、『竜の言霊』の音は大きくなる。ブリュンヒルドが町のどこにいても届くのだった。

『今宵は、神竜の正体を伝えようと思う』

話すべきことなど、とっくになくなっていた。

それでも自分を信じてもらうためには、話しかけ続けなくてはならない。神竜のことを話そうと思ったのは、少しでもブリュンヒルドの興味を引けたらと思ってのことだった。

『神竜はエデンという島から来た。エデンというのは、神が創った生き物が住む島だ。神竜は島の生き物を守る使命を神に与えられた竜だった』

シグルズは神竜と記憶の一部を共有している。だから、余人の知りえぬことも知っていた。

『だが神竜は神命に背いた。一人の女を愛してしまったんだ。その女も竜を愛し、結ばれることを望んだ。だが、島の外から移り住んできた別の女が言った。島の守護者である竜は、島の生き物に平等に接する義務があるのではないか。一人の女を特別視するべきではないと。竜は女と結ばれるのを諦めた』

今宵は竜が深い眠りに落ちている時間が長い。たくさん話ができそうだった。

『だが、離れれば離れるほど、愛は強まるばかりだった。やがて一匹と一人は決めた。神に背いてでも、愛に生きることを。女を背に乗せて、竜は島を出た。神命を放棄した竜にかけられたのは、人間を喰わねば朽ちる呪い。だから、竜はこの国の人間を喰う。愛した者と同じ種族を喰い殺させることが、神が竜へ下した天罰だからだ』

シグルズは憂う。ちゃんと届いているだろうか。いくら話をしても、聞いてくれていなければ徒労だ。

　だが、それは杞憂だった。返事こそしなかったものの、ブリュンヒルドはちゃんと彼の話を聞いていたのだ。

　たくさんの星の瞬く空の下、ブリュンヒルドはベレン亭にある小さなテラスにいた。外にいる方が、竜の声が良く聞こえるからだった。

　迷っていた。

　連夜、聞こえてきているのは『竜の言霊』だ。これを扱えるなら、相手は竜だろう。神竜である可能性が極めて高い。

　だが、話し方があまりにシグルズに似ていた。

　口調だけではない。間の取り方や息の継ぎ方、そういうものがシグルズに似すぎている。彼と話をするのが好きだったから、よくわかった。もし神竜がシグルズを騙っているのだとしても、ここまで似せることは不可能に思う。

　なら、話しかけてきているのは本当にシグルズなのではないか。

　秘術によって肉体を神竜に乗っ取られてしまったと話していたのは真実ではないか。それならば豹変したことにも説明がつく。

（でも、秘術……）

　それが引っかかっていた。

竜の秘術は、まさに神秘。死をも克服できるなら、もはや不可能すらないようにブリュンヒルドには思える。ブリュンヒルドの想像を上回る精緻さで、シグルズに成りすましている可能性が否めない。だから、今日まで返事をしないでいたのだ。

声は今も聞こえ続けている。

本人は懸命に繕って喋っているが、焦っているのがわかる。何か助けてもらいたいことがあるのに、それを必死に隠している。そこまでブリュンヒルドにはわかってしまう。

それでいよいよ放っておけなくなってしまったブリュンヒルドは、フードとマントを手に取るとベレン亭を出た。

向かったのは、広場だ。中央に可愛らしい鐘があって、恋人たちの待ち合わせ場所に利用されていた。

その鐘にブリュンヒルドは話しかけた。

『……毎晩、うるさいのよ。あなたのせいで眠れない』

声は、響いて届いた。

だが、シグルズが返事するまでは間があった。驚いている彼の顔が目に浮かぶようだった。

(毎晩、返事を求めていたくせに)

本当に返事がくるとは思っていなかったのだろう。

それがなんだか微笑ましく感じた時、ブリュンヒルドは気付いた。

　自分もまたシグルズと話をしたいと思っていたことに。これがもし騙されているのだとしても、話ができることを嬉しく感じてしまっていた。

『会話に応じてくれたことに感謝する』

　妙に硬い言い回しに笑いそうになる。動揺すると、彼はそうなることをブリュンヒルドは知っている。

『本当に、シグルズなのね？』

『ああ』

　意味のないやりとりだった。その前のやりとりで、ブリュンヒルドは声の主がシグルズなのだと信じたくなってしまっていた。

『じゃあ、あの夜、私を斬ったのは……』

『神竜だ。だが、それはもうどちらでもいいんだ。お前の右眼が潰れたことは変わらないんだから』

『私にとっては重要なことよ』

『深く考えないでほしい。俺はもう死ぬほかないんだから』

『……人を食べているのね？』

『そうだ。俺の体に宿る神竜を止めることができない。次の犠牲者が出る前に、俺は死ななければならない。神竜とともに』

いよいよシグルズは一番伝えたいことを伝えることができる。

『俺を殺してくれ』

伝えたと同時に、神竜が深い眠りから脱しようとしているのをシグルズは感じた。急ぎ、王城へと飛び立った。

ブリュンヒルドからの返事はなかった。

偶然だった。スヴェンが町中でブリュンヒルドを見つけたのは。

人気のない広場を通りかかった時、少女を見かけた。女性が一人で夜中に出歩いていては危ないと声をかけようとして近付いて、それが誰か気付いた。

少女はフードとマントで身を包んでいたから、一目ではその人とわからなかった。だが、悪戯な夜風が彼女のフードを捲った。

片目が潰れていたが、いや、潰れているからこそ間違いない。

つややかな黒い髪、大きな宝石のような左の瞳。

ブリュンヒルドだった。

(何故……見つけてしまうんだ……)

ブリュンヒルドは何故か幸せそうな顔をしていた。周りには誰もいないのに、まるで見えない想い人と共に過ごしているかのようだった。冒しがたいものを感じた。

だが、どうしてか突然その顔が曇った。だから、スヴェンはブリュンヒルドの前に出ることができた。

ブリュンヒルドがスヴェンに気付く。その顔に強い焦りが表れる。

「ブリュンヒルド様。あなたをシグルズ様の下へ連れていきます」

ブリュンヒルドはたじろぎながらも、腰の剣を抜いた。

「大人しくしていただきたい。手荒な真似はしたくない」

スヴェンもまた魔槍を構える。刀身が夜を祓うかのような光をまとっている。

「斬らせないで」

ブリュンヒルドが叫ぶ。

「あなた相手に手加減はできないわ」

本当に優しい方だなとスヴェンは思った。

斬る気があるならば、こんなことは言わない。

刃の砕ける音が先にあった。

気付いた時には、ブリュンヒルドの剣は魔槍に粉砕されていた。絶技である。わずかな刀身と柄だけがブリュンヒルドの手の中に残っている。

勝敗は一瞬で決した。

だがブリュンヒルドは諦めなかった。

折れた剣を構えたまま、下ろさない。

瞳には決意があった。絶対に逃げ切るという決意である。

こんなところで終われない理由があるのだろうなとスヴェンは思った。

そして、それは生き残るためではないのだろう。ましてや復讐のためでもない。ブリュンヒルドは昔からそうだ。必死になるのは、いつだって誰かのためだった。自分が傷付くことでは怒らない人だ。

おそらくは、今の王の在り方を知っているのだろう。賢い女性だから、神竜の影のことも気付いているに違いない。それらを正すために、終われないのだ。

(なのに、私は何のために)

考えないようにした。それは自分の領分ではない。

自分は、彼女を捕らえるように仰せつかっている。

自分は、シグルズの騎士だ。騎士は主君の言うことに従っていればいい。

(だが、それでどうする?)

ブリュンヒルドを主に殺させる。

いくら主の命とはいえ、それに何の意味があるのか。

これからも自分は、主に従い続けることができるだろうか。

何も考えずにいられるだろうか。

折れた剣を構えたまま、ブリュンヒルドが踏み込んでくる。悪くない動きだが、スヴェンから見れば止まっているも同然だ。

視線と手の動き、筋肉の使い方から、ブリュンヒルドの折れた剣がどこを狙っているかまでわかった。

魔槍だ。槍を叩き落とすつもりなのだ。この期に及んで、スヴェンを傷付けない方法を選んでいる。

躱すことも受け止めることも容易だ。スヴェンは受け止めることを選んだ。

鋼のぶつかる鈍い音が響く。非力な一撃だった。

だが、魔槍はスヴェンの手を離れて、石畳の上に落ちた。

力比べや戦いの技術で、負けたわけではない。

心が負けていた。

(私には……この方を捕らえられない)

スヴェンには、ブリュンヒルドを負かす意味がもうわからなかった。

スヴェンは力なく項垂れた。

ブリュンヒルドが剣を持つ手は震えていて、うまく力が入らない。割れた爪から流れ出ている血が柄の先から滴っている。今の一撃は彼女なりに渾身を込めていた。

だが、渾身だったから勝てたわけではないことくらいブリュンヒルドもわかっている。だから問うた。

「何故……」

何を問われているのかはわかった。

何故勝ちを譲ったのか。それを問うている。

「よいと思ってしまったのです。ブリュンヒルド様に殺されるなら……」

命に背くことになろうとも最後まで主に刃を向けないのが、彼の騎士らしさなのかもしれなかった。

ブリュンヒルドは馬鹿ではない。

今の言葉で、スヴェンが辛い立場にいることを察した。シグルズのように突然、心変わりしたわけではないようだ。

折れた剣の切っ先をスヴェンの首に突き付けて言う。

「話しなさい」

スヴェンはぽつりぽつりと話し出した。

変わってしまったシグルズのこと。

血の通っていない命令のこと。

話は移り変わっていった。

自分だけが牢に入れられなかったこと。

なのにブリュンヒルドとファーヴニルを助けなかったこと。

二人の自由よりも、王の命令を信じたこと。

今もまだ、王のことを信じたいと思っていること。

もはや懺悔だった。

スヴェンは泣いた。どれだけ深い傷を負っても屈さない騎士がボロボロと涙を零した。

だが、スヴェンは心が救われていくのを感じていた。

ブリュンヒルドたちを裏切って、ずっと胸の中にたまっていた黒い靄が晴れていく。


「だから、私はもういいのです。ここで、あなたの手にかかろうとも」

ブリュンヒルドは遮ることなく、全てを聞き遂げてから呟いた。

「……ファーヴニルに甘いと言われてしまうわね」

ブリュンヒルドは剣を鞘に納めた。

「月に七人、国の者が行方知れずになっている。そこに神竜の影があるの」

「それは……私も感じています。ですが、どこに神竜がいるのか」

「あなたも知っておくべきだと思う」

迷いはあったがブリュンヒルドは話すことを決めた。

「シグルズが神竜よ」

連夜、聞かされていたことをブリュンヒルドはスヴェンに話した。

スヴェンは愕然として聞いていた。

「シグルズは死にたがっている。無双の力を持つあなたが力を貸してくれれば、達成が近付くけれど……」

「私には……無理です。たとえ中身が神竜だとしても、シグルズ様に刃は向けられない」

地位は違えど、幼馴染も同然に幼少期を過ごした。今のシグルズが変わり果てても、思い出のシグルズは変わらない。

同じく彼の幼馴染であるブリュンヒルドにもそれはわかっている。

「あなたにそんなことはさせないわ。あなたは、道を用意してくれればいい。もしシグルズを殺さなければならなくなったら、その時は目を瞑ってくれればいい。私が……どうにかするから」

ブリュンヒルドはスヴェンに手を差し伸べる。

(……それならば)

刃を向けなくて済むのなら、自分を誤魔化せる気がした。

ブリュンヒルドの小さな手に、スヴェンは自分の大きな手を重ねた。

ブリュンヒルドは力強く引っ張って、スヴェンを立たせた。

スヴェンはそのまま王城へと返された。

その時が来るまでは、シグルズ王の騎士を演じるようにブリュンヒルドが指示したのである。

スヴェンと遭遇したこと、そして彼を仲間に引き入れたことをブリュンヒルドはファーヴニルに話した。

「さすがです、我が君」とファーヴニルが褒めてくれることをブリュンヒルドは内心で期待していたのだが。

「己の幸運に感謝すべきです」

ファーヴニルの顔には、安堵の色も少ない。むしろ、静かに怒っているようだった。

「ブリュンヒルド様。あれは危険です。決して心を許さないように」

「どうして。あなたもよく知っているでしょう。彼は愚直なところがあるけれど、信用できる人だわ」

「味方のうちはそうです」

「もう味方だわ」

「いいえ。あの騎士が本当の意味で我々の味方になることはありえません」

「どうしてそこまで言い切れるのよ」

ファーヴニルは黙った。珍しく言葉に詰まっているようだった。

続けて、ブリュンヒルドは毎晩接触してくる謎の竜のことを話した。既に竜の存在はファーヴニルに話していたから、主な話題はシグルズ王が竜に乗っ取られていることについてだった。

「なるほど……。竜に乗っ取られたシグルズ王が人間を喰らっていると。突如として人柄が変わったという話とも整合する。辻褄は、合いますね」

だが、ファーヴニルは難しい顔をしている。

「その顔は……。得体の知れない竜の言うことなんかを信用するのかって言いたいのよね」

「その通りです」

「信じていいと思うのだけど……」

ブリュンヒルドは考える。

スヴェンのことも、シグルズを名乗る竜のことも、ブリュンヒルドはもう信用している。

だが、どうして信用できるのか。それをファーヴニルに伝えることは難しい。

（スヴェンが跪いて泣いたから信用できる？　シグルズが毎晩通ってきたから信用できる？）

そうではない。そんな説明で納得させられるわけがない。同じ説明をブリュンヒルドがされたなら、やはり納得できない。

ブリュンヒルドが彼らを信用しようと思えたのは、彼らの行動だけではなく、声の必死さや纏う雰囲気によるものも大きいのだ。嘘を吐いていない者、心から話している者は、特有の

『なりふりかまわなさ』を漂わせているのだが、それを言葉で説明するのは不可能だ。

（彼らを信用して行動すれば、きっとうまくいくのに……）

懊悩（おうのう）するブリュンヒルドを見て、ファーヴニルは言った。

「ブリュンヒルド様。お忘れかも知れませんが、私はあなたの従者です。師でも教師でもありません。一言、自分を信じろと命じてくれれば、私は主に従うまでです」

方便であった。ファーヴニルの中に、騎士のような忠節はない。

ただ彼は、暗部で多くの人間を見てきた。信用できる人間とそうではない人間を見極める能力には特に秀（ひい）でている。だから、ブリュンヒルドが説明に困っている『なりふりかまわない人間』の存在だって知っている。おそらくはブリュンヒルドはまだ若いので彼らのことをうまく説明できずに困っているのだろうと察して、助け舟を出したのだった。

「……ありがとう、ファーヴニル」

ブリュンヒルドは嬉（うれ）しかった。

（主の言葉なら信じるなんて。らしくないことを言って……）

ファーヴニルは、そんな殊勝なことを言う人間ではない。

助け舟を出してくれたことくらい気付いている。

「ならば、ファーヴニル。私を信じなさい」と主は命じる。

「承知いたしました」と従者は返した。

スヴェンと連絡を取り、王城へ侵入するための手引きをしてもらうことを約束させた。

侵入の前夜、ブリュンヒルドは広場の鐘の前にいた。

大聖堂の鐘の前にいるシグルズへ話しかける。

『明日、王城へ侵入するわ。あなたを殺すために』

シグルズはそれを聞いて安心した。

言うことを聞かない自分の体が、人を喰らうのを見るのはもう限界だった。

『でも、その前に、あなたに聞きたい。あなたが生き残る手段はないの？　あなたの中の神竜を追い出したり、封印する方法は……』

『そんな方法はない』

断言した。

『そんなこと、わからないわ。探してみれば見つかるかもしれない』

『その間に、どれだけたくさんの人が喰われることになるか』

全部、ブリュンヒルドの予期していた通りの返答だった。わかっていたから、助ける手段がないか今日まで聞けずにいた。

だが、決行前夜にもなると弱気が顔を出した。

『……ごめんなさい。少し、自信がないわ。あなたのことを本当に殺せるかどうか……』

ブリュンヒルドの優しさがシグルズには嬉しい。だが、今だけはそれに甘えるわけにはいかない。

『最初に、俺が竜の言霊で話しかけた時、お前は俺を友達だと言ってくれた。今もそう思ってくれているなら、頼む。もう神竜に負けたくない』

ブリュンヒルドは長い沈黙の後に、返した。『……わかった』

『でも、ならあなたを殺す前に……』

切羽詰まった声になった。

『もう一度、あなたに会いたい』

仄かに花の香りがした気がした。ブリュンヒルドの香りを思い出したのだった。

強烈な誘惑だった。

『最後に顔が見たい。どこにいるの』

大聖堂だと答えそうになったがどうにか飲み込んだ。

顔が見たいのは自分も同じだ。

だが今の顔をブリュンヒルドに見せられない。

醜い竜となった今の自分を見られたくない。

『お前の記憶の中では、人の姿でいたい』

ブリュンヒルドはもうシグルズの居所を聞こうとはしなかった。

翌日の夜。

ブリュンヒルドとファーヴニルは、スヴェンの手引きで王城に侵入する。

三人は町はずれで落ち合うことになっていた。

しとしとと雨の降る夜だった。

スヴェンを待つ間、ブリュンヒルドが静かに呟いた。

「シグルズを元に戻す方法、本当にないのかしら」

ファーヴニルが聞き返す。

「神竜の意識を駆逐して、シグルズ様の意識を留まらせる方法がないかということですね？」

「……何でもないわ。忘れて」

聞くべきではなかった。こんな質問はファーヴニルを困らせるだけだ。いかに彼が博識でも知っているわけがない。

だが、ファーヴニルは答えた。

「方法は、あります」

ブリュンヒルドが目を剝く。「なんですって」

「声をかけなさい。あなたの声ならきっと」

「……はい？」

「お二人は好きあっている。なら、あなたの声に応じてシグルズ様の意識が呼び戻されることもあるでしょう」

ファーヴニルの言葉にブリュンヒルドは相当驚いた。

「そ、それは……何かの冗談？　非現実的にもほどがあると思うのだけれど」

「そうですね。昔、読んだ物語にそういうものがあったというだけですから」

「知らなかった。あなた、そういう物語も読むのね。でも、物語は物語よ」

「ええ。別の世界の話です」

ファーヴニルは否定をしない。

「だから、夢があってよいと思います」

冗談を言ったつもりはファーヴニルにはなかった。ブリュンヒルドとシグルズの間ならば、そういう理屈を超えた力が本当に働くのではないかと彼は思っている。

彼らは光の世界の住人だ。自分とは違う種族である。なら、闇の住人の法則では測れまい。

そこまで話をしたところでスヴェンがやってきた。

ファーヴニルとスヴェンはお互いに牽制するような目で睨み合っている。二人の仲が悪いのは、今に始まったことではない。

三人は王城へ侵入した。シグルズの寝室への道に警邏の兵はいない。スヴェンがあらかじめ人払いをしていたのであった。

シグルズの寝室の前に到着すると、スヴェンは立ち止まった。

「私は……ここで見張りをします」

部屋に入らないための言い訳だ。

ブリュンヒルドは頷いた。

静かに扉を開け、ブリュンヒルドとファーヴニルがシグルズ王の部屋へと入っていく。

ブリュンヒルドは扉を閉めようとする。ファーヴニルが見咎めて囁いた。

「万一の際の逃げ場を失います」

だが、ブリュンヒルドはかぶりを振って扉を閉めた。

シグルズを殺す音を、スヴェンに聞かせたくなかったのだ。

扉が閉められていく。二人の姿が見えなくなっていく。

「ま……」

二人に向けてスヴェンが弱々しく右手を伸ばす。二人を止めようとして無意識に伸びた手だった。

この期に及んで、まだスヴェンはシグルズに死んでほしくなかった。たとえ神竜に乗っ取られているのだとしても、シグルズの肉体が傷付けられるのは耐えられなかった。究極的なことを言えば、シグルズが死ぬよりは神竜に乗っ取られたままシグルズが生きる方がマシとさえ考えている。だから、止めたかった。

それなのに止めなかったのは、ブリュンヒルドを介して主の願いを聞いていたからだった。

自分を殺してほしいという願い。

それはスヴェンには絶対認められない願いなのだが、主の願いを踏みにじることも同じくらい彼には認められないことだった。

止められないまま扉が完全に閉ざされた。

半端に伸ばされていた右手が力なく落ちた。

スヴェンは扉に背を預けてうずくまると、額を押さえて呻いた。

「シグルズ様……」


ブリュンヒルドがシグルズの寝台に近付く。

シグルズは穏やかに眠っている。中身が神竜になっているとしても見た目はブリュンヒルドのよく知るシグルズのままである。

ブリュンヒルドはじっとシグルズの顔を見下ろして動こうとしなかった。

ファーヴニルが短剣を手にし、主に囁く。

(ここは私が)

予期していた展開だった。そもそもブリュンヒルドに殺しなどできるわけがない。相手が友人の顔をしているならなおのことだ。

だが、ブリュンヒルドはかぶりを振った。

（ううん……。大丈夫よ）

ファーヴニルはブリュンヒルドを見て、驚く。

月明かりに照らされているブリュンヒルドの横顔は覚悟を決めたもののそれだった。

腰に提げていた剣を抜いた。月光に濡れる青い刃。

刃の煌めきは慈悲だった。これ以上、友に人を喰わせないための。

ブリュンヒルドは剣を振りかざす。ためらいはなかった。

迷えば、シグルズの苦しみを増やすだけと彼女は知っていた。

ファーヴニルにはますますわからなくなる。ブリュンヒルドはシグルズのことを好きなはず。

だから殺せないと言っていた。なのに何故、今は殺そうとできるのか。

振り下ろした刃がシグルズの首に触れた。

が、そこで止まった。

金属がぶつかるような高い音が響いて、ブリュンヒルドが目を見張る。

シグルズの首が鱗で覆われていた。

一瞬前まで肌色の首であったのに、突如として生じた竜の鱗に守られている。

磨き上げられた刃でも通らない。竜の鱗。

甲高い音と衝撃によって、神竜が目を覚ました。

神竜はブリュンヒルドに気付くと、起き上がり彼女に襲い掛かった。その間、ブリュンヒルドは何度も刃をシグルズに振り下ろしたが、刃に反応するかのように鱗が生じてシグルズを守る。剣は全てが鱗に弾かれて終わった。

それも竜の秘術の一つだった。

眠っている間に自分を攻撃する者があれば、鱗を生じさせて身を守るのである。

この術のことはシグルズも知らなかった。神竜とすべての記憶を共有しているわけではないのだ。

横薙ぎに拳が振るわれた。

「ブリュンヒルド様！」

ファーヴニルがブリュンヒルドを突き飛ばした。ブリュンヒルドは神竜の拳を逃れたが、代わりにファーヴニルがそれを受ける。骨の折れる嫌な音がして、勢いよく壁に叩きつけられる。

「ファーヴニル！」

ブリュンヒルドはファーヴニルに駆け寄ろうとしたが、神竜の方が速かった。意識を失っているファーヴニルの頭を踏みつける。みしりという音がした。

「やめて！」

ブリュンヒルドが叫ぶ。

　怒りに染まる彼女の顔を、神竜は冷たい目で見た。

「そんなにこの男が大事か？」

　踏みつける足に力がこもる。足の下でファーヴニルが呻いた。

「いいや、この男だけではないな」

　神竜が言っているのはシグルズのことだ。シグルズの記憶は神竜も共有している。彼の記憶の中のブリュンヒルド。その幸せそうな顔は、決して神竜には見せないものである。

「売女め。島を出る時、お前は言ったのだぞ。永遠に変わらぬ愛を誓うと。よくも私を殺そうなどとできたものだ」

　そこでブリュンヒルドが、何故神竜が妙に自分に優しかったのかを理解した。エデンで愛を誓った女と自分を重ねているらしい。

　けれど、そんなことはブリュンヒルドには関係のない話。

「私はあなたに愛など誓っていないわ」

「黙れ」

　神竜は低い声で言う。

「何のために巫女の一族などを作ったと思っている？　いつかまた巡り合えた時、再び私を愛させるためだ」

　どうにも会話が噛み合わないが、ひとつ確かなことがある。

「私はあなたの妻じゃない……」

シグルズの姿をした神竜はブリュンヒルドの下へやってくると、彼女の体を抱き寄せて唇を奪った。有無を言わさぬ暴力だった。

「愛していると言ってみろ。今ならその顔貌に免じて許してやる」

暴力に身がすくむ。だが、相手の腕を振りほどけなくてもブリュンヒルドは睨み返して言った。

「あなたなんか、愛していない」

彼女の心には目の前の男と同じ顔をした、けれど、別の男性が思い浮かんでいた。

無理矢理に絨毯の上に押し倒される。

「ならば、私はもうお前の胎にしか用はない」

神竜の舌が、ブリュンヒルドの首筋を這った。生理的嫌悪に思わず低い悲鳴が零れる。

服が剝がされていく。

何をされるかわかったが抵抗しても無駄だった。力で敵うはずがない。固く目を瞑って、耐えることを決めた。

その時だった。

「う……ぐ……」

ブリュンヒルドの上から、呻き声が降ってきた。

目を開ける。

神竜が両手で顔をひっかきながら悶え苦しんでいる。

神竜の中で、何かが強烈に暴れていた。

その何かは、シグルズ王の今日までの非道をすべて見てきていた。そのどれもが許せない行いであったが、今から行おうとしていることはその何かにとって絶対に許せないことだった。分けても自分の体でそれを行うなど。

頭を抱えて神竜はうごめく。何かは体の支配権を取り戻すことまではできていない。

ブリュンヒルドは急いで神竜の下から這い出ると、ファーヴニルへと駆け寄った。彼を担ぎ上げると、部屋の外へと向かう。

転ぶように部屋から出た。うずくまっていたスヴェンが驚いて立ち上がった。非常事態であると理解してブリュンヒルドに言う。

「私が運びます」

ブリュンヒルドはファーヴニルをスヴェンに預ける。

スヴェンはファーヴニルを担ぎ、城の外へと向かう。医者に診せようとしてくれているのだ。

だが、ブリュンヒルドはスヴェンの後には続かなかった。

「何をしているのです、ブリュンヒルド様。はやくこちらに」

ブリュンヒルドは応じなかった。

「ファーヴニルを頼んだわよ」

言って、ブリュンヒルドはシグルズの部屋に戻った。

まだ神竜は悶え苦しんでいる。

ブリュンヒルドは床に転がっている剣を拾い上げた。

何が起きているかはわからないが、絶好の機会だ。

シグルズを殺すための好機。

近付いて刃を振り上げた。

シグルズの中にいる者は視界の端にそれを捉えた。

それでいいと何かは安堵する。

自分と格闘している神竜に、刃を防ぐ手はない。あの一太刀で神竜は消え去る。

だが、ブリュンヒルドは剣を振り下ろそうとしなかった。

城へ侵入する前に、ファーヴニルが言った言葉が脳裏に蘇っていた。

——声をかけなさい。あなたの声ならきっと。

わかっている。そんなことは起こるはずがない。物語の中だけの話だ。

だが、理屈ではなく感情がブリュンヒルドの体を動かしていた。

ブリュンヒルドだって、思っていた。

そういう夢みたいなことがあってほしいと。

「シグルズ。聞こえている？」

剣が絨毯の上に落ちた。

「聞こえているなら、戻ってきなさい」

シグルズに近寄ると、引き寄せるように抱きしめた。

「あなたは神竜なんかに負けたりしないわ」


自分の体がブリュンヒルドを襲い始めた時、神竜の中の何かは思った。

自分が竜に乗っ取られたままでいいはずがない。

ブリュンヒルドを裏切ったのはシグルズだ。右眼を潰したのはこの体だ。だけど思った。もうブリュンヒルドを傷付けたくない。

夜な夜な隠れて体の支配権を奪っていた経験が活きたのかもしれない。彼の意識は神竜の邪魔をすることができた。それで、ひとまずブリュンヒルドを解放することはできた。

だが、そこまでだった。

どれだけ足掻いても体の支配権を取り戻せそうにない。いつものように竜の魂が眠っているわけではないのだ。正面から支配権を奪い合って、勝ち目などない。

ついに自分の意識が負けそうになった時、外から声が聞こえた。

消えかけの意識に「戻ってこい」と呼びかける。

その声は、シグルズの意識を引き寄せて、竜の意識を遠ざけた。

シグルズの苦しみが止まった。

さっきまで、王の部屋には二人の人間がいた。

人の皮を被った竜と、竜の巫女。

だが、それが変わっていた。

今触れ合っているのは、一人と一匹。

竜の姿をした人間と、竜の巫女。

毎夜、ブリュンヒルドに話しかけてきた竜に違いなかった。

悲しげに目を伏せる竜と、それを抱く少女である。

『見られたくなかった。お前にだけはこの姿を』

『バカね。私は竜の巫女なのに』

できることならずっと触れ合っていたかった。だが、そんな時間はない。

(俺に残された時間は、ほとんどない)

今、意識のせめぎあいで勝利できたのはブリュンヒルドの呼びかけに応えたいという気持ちが生んだ火事場の馬鹿力のようなものだとシグルズは考えている。

　また体を奪われる前に、やらねばならないことがある。

『ブリュンヒルド。お前に、俺を殺してほしい』

『そのために来たのよ。でも、あなたの体には刃が通らない。それに、また何か守りの秘術がかけられていたら……』

　取り戻したこの体も、シグルズの与り知らぬ秘術で守られている可能性がある。

　ならば手間でも、確実に殺せる方法を選ぶべきだとシグルズは考えた。

『ついてきてほしい』

　シグルズはブリュンヒルドを背に乗せると、窓から夜空へ飛び立った。

　向かった先は、神殿だった。

『何故、この場所に神殿があるか知っているか？』

　ブリュンヒルドは首を横に振る。

『神殿の地下に古の兵器があるからだ。決して人の手に渡ってはならない武器。竜はそこに人を近付けさせたくないんだ。だから神殿から離れない』

『その兵器には、きっと竜を殺す力があるんでしょうね』

　シグルズは頷いた。

『本当なら、俺一人で奪いたかった。だが、できなかった。俺の体は竜だから、体が拒絶して近付けない』

竜は神殿の入り口を守る兵たちの上空を越えて、中へと降り立った。

大理石の柱が並び立つ大広間に着いた。

シグルズが床に触れる。そこだけ他の床と色合いが微妙に違った。隠し扉になっているのだ。扉を動かすと地下への入り口が続いていた。何度もこの神殿に来たことのあるブリュンヒルドも、隠し扉の存在は知らなかった。神竜と記憶を共有するシグルズだけが知るのである。

鍾乳洞（しょうにゅうどう）のような広大な空間が広がっていた。シグルズが飛べるほどに広く、仄（ほの）かに明るい。奥に何か強い光源があるようだった。

竜の背に乗って進む。しばらくはそうできたのだが。

ある程度進むと、シグルズが苦しみ出した。

「……ぐ……ぐう……」

飛ぶことができなくなり、足で歩き始める。

奥へ進むたびに、光が強まるたびに、シグルズの苦しみは増していった。力強く地を踏むはずの竜の足が、今は病人のように弱々しい。

ブリュンヒルドは彼を支えながら奥へと向かう。竜の呼吸が荒くなる。

光源が近付いていく。

周囲が明るく照らされる。まるで昼間のように。

『ひ、ひぃいい！』

その時のシグルズの狂乱ぶりといったらない。まるで化け物を前にしたかのように怯え、叫んでいた。

ブリュンヒルドがどれだけ呼びかけようと、体を揺さぶろうと、まるで意味をなさない。声など届いていないようだった。

どうにか岩陰にシグルズを連れていく。光が遮られて、竜の狂乱が収まった。

『この先にある光に飛び込むことができたなら、俺は死ねる。だが、どうしても近寄れない。体が感じる恐怖を抑え込めない』

シグルズを襲っているのは、全ての竜が共通して持つ原始の恐怖。本能よりも深いところに刻まれた畏怖である。

『光というのは……』

『神の武器だ。天も地も星もなかった頃、開祖の竜は神に叛逆して戦った。その時に振るわれたのが破滅の光、雷霆。この先にあるのは、その光の残留物だ』

開祖の竜を落とした雷。それならば神竜を確実に殺せる。

『俺は自分で死ぬことができない。ブリュンヒルド、お前に殺してほしい。お前は普通の人間とは違うんだ。普通の人間よりも神に近しい。きっと神の武器にも適合する。だから……』

ブリュンヒルドは最奥を一瞥したが、進もうとはしなかった。

シグルズはせかすように言った。

『お前に殺されたい。お前の眼のこと、許してもらえるとは思ってない。せめて傷付けてしまったお前に恨みを晴らしてほしいんだ』

ブリュンヒルドは潰れた右眼に触れる。

『疼くだろう。潰れた右眼が。だから早く』

(……傷は疼く)

だが、それでも、潰されたのは自分の右眼に過ぎない。

(傷付けられたのが私だけならば)

それは自分が許せばいいだけの話だ。

『……いいわよ。こんなもの』

潰された右眼のことを、こんなものとブリュンヒルドは言った。

シグルズが唖然とする。

『こんなもの? こんなものだなんて。俺はお前に酷いことをしたんだ。許されていいはずがない。そんな簡単に……』

『許すも何も、怒ってないのよ。そもそも目を潰したのはあなたじゃなくて神竜じゃない』

ブリュンヒルドは困ったように笑った。

『だとしても……俺は死ななきゃいけない。じきに神竜に意識を奪われる。そうすれば、お前たちに酷いことをする。人も喰らうようになる。その前に死にたいんだ。死ななきゃいけないんだ。わかるだろう』

竜は鼻先で最奥の光源を指した。

『だから、あの光で俺を焼き殺してくれ』

だがブリュンヒルドはかぶりを振った。

『そんなものには絶対に頼らない。殺すとか死ぬとか。もううんざり』

『じゃあ、どうするって言うんだ。殺す以外にどうやって……』

片方しかない黒い目で、竜を見据えて言う。

『話をしましょう』

武器を交えるのではなく。

『言葉を交えましょう。あなたが竜について知っていること、全てを話して。生き残る方法を探しましょう。諦めるのは、それからでも遅くないわ』

『……話を聞いたら、そして諦めたら、ちゃんと俺を殺すと約束してくれ』

ブリュンヒルドが頷いたのを見て、竜はぽつりぽつりと話を始めた。

竜にまつわる様々な話をブリュンヒルドは静かに聞いていた。

彼女が特に強い興味を示したのは、神命を放棄した神竜が何故人を喰うのかについてだ。

『神竜は人間を喰わないと生きていけないのよね？』

『ああ。人間を喰わないと、体が朽ちて死ぬ呪いをかけられている』

『呪いというのが肝よね。その呪いは、神命とやらを放棄したことへの罰なんでしょう？』

『そうだ。解こうとしているなら無駄だぞ。神の呪いを解く術なんて……』

『そうじゃなくて。その呪いってそもそもあなたにかかっているの？』

『……なんだって？』

『神が呪ったのは神竜。あなたじゃないんでしょう。体を共有しているから困っているだけで、シグルズ自身は人を食べたいと思ったことはないいんじゃないの？』

『……ないな』

ブリュンヒルドの言うことは言葉遊びのように聞こえる。だが核心を突いていた。

神の呪いは言うならば神竜の魂に付属した状態である。

もし竜の姿であってもシグルズの魂が体を支配するなら、人を食べたいとも思わないし、人を食べないことで体が朽ちることもないのだ。

『だが問題は、俺の魂が竜の魂に打ち勝つ術がないってことだ。やがて竜の魂が表に出てくる。そうなれば、呪いは効力を発揮する。結局人を喰うことになるんだ』

『でも、今はあなたの魂が勝っている』

『それは……奇跡みたいなものだろう』

『奇跡にだって、起こる理由があるはず』

ブリュンヒルドは神秘的な言葉に誤魔化されて思考を止めたりはしない。

『私があなたに呼びかけた時、あなたは竜の魂に勝つことができた』

シグルズは心琴がどきりとなるのを感じた。

『何か、私に関して思うところがあるのではないかしら』

ブリュンヒルドの大きく黒い瞳がシグルズを見る。

片目しかないからだろうか。両目があった時よりも輝きを増しているように見える。

こんな状況なのに、見つめられると心音が高鳴っていく。

『いや……それは……』

しどろもどろになるシグルズをブリュンヒルドが糾弾する。

『何をためらっているの。どんなくだらないことでもいい。笑ったりしないから話して』

『だが……』

『シグルズ』

ずいと顔を近付けてくる。真剣な眼差(まなざ)しで。

わかっていてやってるんじゃないだろうか。からかわれている？　言わせたいのだろうか。

だが、答えを聞くまで、ブリュンヒルドは引く様子がない。

『ああ、わかった。わかった、言ってやるよ』

どうせ死ぬのだ。だったら恥ずかしがっていても仕方ない。いっそ伝えてしまった方がすっきりする。

『好きなんだ、お前のことが』

ブリュンヒルドが猫のように目を大きくした。

『お前のことが好きだから……。だから、お前が脱獄したって聞いた時に負けていられないと思ったし、「戻ってこい」っていう呼びかけにも応えたいって強く思えたんだ』

シグルズは顔が熱くて仕方なかった。いっそのこと今すぐ魂が消えてしまえば楽だなと思った。

ブリュンヒルドは驚いた様子のまま黙っている。シグルズはどぎまぎしながら反応を待った。

『私が聞いているのは、そういうことじゃない』

ブリュンヒルドの口が動く。

『え？』

『私が聞いているのは、あなたが私をどう思っているかじゃない。神竜が私をどう思っているかよ』

『……なんだって』

『私という要素が、あなたを引き戻す。それは神竜にとって、私が特別な何かだから。何故特別なのか。それを知ることができたなら、あなたの意識を留まらせ続けることもできるかもしれない。そういう意図の質問だったのよ』

『あ………』

シグルズは竜の手で目を覆った。

『あああああ……！』

考えてみればその通りだ。

(あのブリュンヒルドが――色恋なんて興味のないブリュンヒルドが――突然、恋愛に目覚めるはずがない。聞くはずがなかったのに)

こっちが、一方的に意識していたばっかりに。

ブリュンヒルドがにやにやする。

『何？　もしかして私のことが好きだから愛の力で戻ってこられたと言いたかったの？　あなたも大概ロマンチストね』

『殺してくれ、今すぐに……』

ついにこらえきれなくなったようで、ブリュンヒルドは腹を抱えて笑った。

シグルズは顔を覆い続けて、ひたすら羞恥に耐えていた。

ひとしきり笑った後、ブリュンヒルドは瞳の端を拭いながら言った。

『こんなに笑ったの久しぶりだわ』

『何を話しても笑わないって言ったくせにな……』

恥ずかしさになれてしまったのか、もうシグルズは顔を隠していない。むしろ「好きだ」と誤爆して良かったとまで思って言う。空気が和んだことが嬉しかった。昔のブリュンヒルドはよく笑っていたのを思い出せて、時間が巻き戻った気がした。

『お前が本当に聞きたかった神竜と巫女の関係だけどな。そもそも神竜が神命に背いたのは、お前の祖先が原因なんだ』

『私の……？』

『お前の祖先はエデン生まれの人間なんだ。五百年前にお前の祖先と神竜は、愛を誓う仲だった』

『……そういうことなのね』

神竜がかつて愛した女と自分を重ねていることには気付いていたが、まさかそれが自分の祖先だとは思わなかった。

『でも、島にはもう一人女がいて、そいつが結婚に反対したんだ。だから二人は隠れて愛し合うしかなくなった』

神は、竜と女が愛しあうことを禁じてはいなかった。一人の女を愛したからと言って、他の生き物たちを蔑ろにしたりしないのであれば、島の掟に背くことにはならない。

『だけど、神竜は隠れて愛し合うことに後ろめたさを覚えるようになっていった。耐えられなくなって、二人でエデンを出ることにした。でも、エデンを守るのが竜の使命だから……罰として呪われた』

ブリュンヒルドが扱う『竜の言霊』も本当は『真声言語』というあらゆる生き物に通じる言葉であった。だが、それは代を重ねるごとに劣化していき、やがて竜にしか通じない言葉となってしまった。

『一緒に島を出たのに、私の先祖は呪われなかったの？』

『呪われなかった。お前の先祖はただの住人で、使命に背いたわけじゃないからな』

シグルズが何かに思い当たる。

『俺の魂が戻ってきた理由は、お前の出自にあるのかもな』

『きっと声も関係しているわ』

『ああ。お前の声を聞いて、俺は意識が引っ張られるのを感じた。神竜は呪われた竜で、二度と神には逆らえない体にされている。一方、お前の祖先は神に創られた「神の似姿」のままだ』

この世界には二種類の人間がいる。

神が手ずから創り出した人間と、進化によって誕生した人間である。

ほとんどの人間が後者だ。エデン生まれの人間だけが前者である。

もっともこの時代はまだ進化生物学がそれほど発展していなかったので、人間が猿人から進化してきたことは実証されていない。神が手ずから創った人間と、そうでない人間がいるという理解に留まっている。

『「神の似姿」を祖先に持つお前の呼び声は、疑似的な神の命令なのかもしれない。それで神竜の魂が引っ込んだのかも』

そう考えると合点がいくことがいくつかあった。

彼女の歌声の持つ心地よい響きや、命令を下したときに感じる抗い難い感覚。

ブリュンヒルドの声が疑似的な神の声だとすると説明がつくのだ。

『じゃあ、私がシグルズに声をかけ続ければ、神竜は表に出てこられないってことじゃない？』

『……そういうことになるかもな。でも、そうしたら俺から離れられなくなるぞ。四六時中、一緒にいないと』

『そうねえ。ずっと一緒は困るわね。シグルズは私のことが好きなようだし、何をされたものか……』

『まだ言うのか……』

『一年はからかわれる覚悟でいなさい』

『じゃあ、この際だから俺も言わせてもらうぞ。俺がお前のことを好きなのを、お前は馬鹿にするけどな。絶対そんな、馬鹿にされるもんじゃないんだ。お前のことが好きじゃなかったら、俺は戻ってこられていない』

『何を言ってるの？　私の呼び声は疑似的な神の命令なのでしょう。理屈があったのよ。あなたの魂が戻ってこられたことに、私のことを好きかどうかなんて関係がないと思うけど』

『理屈じゃないんだよ』とシグルズは反論した。

『お前は恋なんてしたことがないからわからないんだろうけどな。好きっていう気持ちは、なんかこう、すごい大きいエネルギーなんだ。お前のために負けたくないとか、お前にまた会いたいとか、そういうお前が馬鹿にすることを、こう……全然、こう……思うんだ。だから、つまり、だから、それは強いエネルギーだから、やっぱり俺の魂が戻ってこられた理由の一つなんだよ。お前にはわからないだろうけどな』

言っていて恥ずかしいことばかりだったが、どうせ一年はからかわれ続けるのだ。これ以上恥ずかしい思いをすることはない。だったら、思っていることを全部言ってしまえという気持ちだった。

それを聞いている時、ブリュンヒルドは目を閉じて緩やかに笑っていた。さっきまでの大笑いとは、全然違う笑みだった。

ただ満足そうに聞いている。

『……やっぱり話をしてよかった。これで誰も死なない方法が見つかったのだし』

『え……？』

『私があなたの傍にいるだけで解決する話だったと思うけど。違うかしら』

ブリュンヒルドが傍にいてシグルズの名を呼び続ければ、神竜の魂が表に出ることはない。竜の魂が表に出なければ、シグルズが人を喰うことはない。

シグルズは拍子抜けした。

一人で思い悩んでいた時は、どうしようもない袋小路に思えたのに、二人で話し合うだけで、こんなにあっさりと解決方法が見つかるなんて思いもよらなかった。

『俺、生きててもいいのかな……』

『死なせないわよ。言ったでしょ、一年はからかい続ける予定だって』

『でも、でも俺……』

シグルズは自分の体を見つめる。

竜に変わってしまった体を。

『俺、竜なのに。確かにお前が傍にいてくれれば、俺は意識を保てる。でも、体は竜のままなんだぜ。こんなのと一緒にいるなんて嫌だろうが』

『バカね。さっきも言ったでしょう。私は竜の巫女よ。鱗も牙も、見慣れているわ』

ブリュンヒルドはシグルズの鼻先に触れた。

（ああ、そっか……）

ブリュンヒルドは思った。

――私が竜の巫女になったのは、きっとこの時のためだったんだ。

ブリュンヒルドは町に降り、ファーヴニルらを探した。

シグルズは神殿に残った。王城には戻れない。見た目が竜であることに加えて人の言葉を話せないので神殿に留まるほかなかったのである。

町の闇医者を当たった。お尋ね者であるファーヴニルがシグルズ王から受けた怪我を治療するならば、闇医者の世話になっているだろう。

すぐにファーヴニルたちは見つかった。予想通り闇医者にかかっていたのである。神竜の攻撃で骨が折れてはいたが、命に別状はなく、すぐに動ける状態だった。

ブリュンヒルドは、ファーヴニルとスヴェンを神殿へ連れていく。

そして竜となったシグルズに会わせて、全ての事情を共有した。

泣き出したのはスヴェンだった。

「竜の姿でもシグルズ様が戻ってきてくれてよかった。本当に……」

シグルズは忠臣スヴェンに向かって、優しげな声で鳴いた。

「何を言ってるかは、わからないけれど……」

ブリュンヒルドはくすくすと笑った。ブリュンヒルドは敢えてシグルズが何を言っているかは訳さなかった。訳さなくともシグルズがスヴェンに言いたいことは伝わっていると思ったのだった。

スヴェンは一向に泣き止まない。

「王国一の騎士は、こんなに泣き虫だったかしら」

「嬉しいのです。私は……もう無理だと思っていましたから。ブリュンヒルド様が笑ってシグルズ様の隣にいるお姿は……もう二度と見られないと。こうして集まることはもうないと思って、ずっと悲しくて」

スヴェンは鼻をすすった。

「きっと殺し合うんだと思ってました」

ブリュンヒルドは目を伏せて、想像する。

そういう未来もありえただろう。

何か一つ、ボタンを掛け違えれば。

ブリュンヒルドはファーヴニルと共に策略を巡らせてシグルズの殺害に奔走し、スヴェンはシグルズが竜に乗り移られていると気付かずに彼のために戦う未来はありえた。その未来では、四人とも全滅していたかもしれない。

だが、その未来には至らなかった。おそらくは憎悪を是としない少女がいたからだろう。

「……話をしてよかった」

「話すべきことは、まだまだたくさんありましょう。これからのシグルズ様の扱い、身の振り方……。そのためにブリュンヒルド様は我々を呼んだのではありませんか？」

「ええ。あなたたちの力を貸してちょうだい」

第三章

様々なことが話し合われた。

シグルズが人に戻れなくなった今、王が突然行方不明になることについてどう対応するか。

ファーヴニルは言った。

「放っておくしかないでしょう。混乱は起きるでしょうが一時的なものです。いずれ新たな王が選ばれれば収まります」

だが、シグルズが反対した。

『俺は、全部を民に話したい。俺が竜になってしまったことはもちろん、以前の神竜が生きるために人を喰っていたことも』

シグルズの言葉はブリュンヒルドが訳した。

「シグルズ様は人の言葉を話せないのに、どうやって」

「私が伝えるわ」

「ブリュンヒルド様。あなたは追われている身だということをお忘れではありませんか。罪人とされているあなたが、竜を連れて現れて、『この竜はシグルズ王なのです』などと言ったとして、民が信じると思いますか」

民はそんなに無垢ではないとブリュンヒルドとシグルズもわかっている。

それでも二人は退かなかった。

『信じてもらうことは難しいかもしれない。でも俺は王だから。民に対して、真実を話す責任がある。神竜に喰われて死んだ人たちのこと、うやむやにしたくない。真実を隠したら、俺は本当に竜になってしまうと思うんだ』

ブリュンヒルドが頷く。

ファーヴニルは納得していないようだったが、そこにスヴェンが助け舟を出した。

「もし民が反逆するようなことになっても、お二人の身は私が絶対に守りますよ」

スヴェンは嬉しそうだった。

偽の王の下で働いていた時は「シグルズ王のため」と自分に言い聞かせなければ果たしたくない命令ばかりをやらされた。だが、今は迷いなく我が王のために戦いたいと思えるのだった。

四人は王城へ向かい、大臣や家臣に事情を話して回った。

当然、彼らは酷く動揺し、訝しんだ。

ファーヴニルの予測通り、ブリュンヒルドたちを信じない者は多かった。だが、ブリュンヒルドたちが懸命に説明を行うと、信じる者が現れ始めた。ただし懸命さに心打たれたから信じたというわけではない。

彼らの多くは、ブリュンヒルドらの説明に納得して彼らを信じたのだった。

家臣の中にも、神竜に胡散臭いものを感じていた者がいたのである。位の高い者や学のある者ほど、神竜に懐疑的な傾向が強かった。表立ってそれを言えば処刑されるから沈黙していただけなのだった。彼らはブリュンヒルドを疑うどころか、説明を聞いて長年の疑問に納得がいったという風であった。

高位の者たちがブリュンヒルドの味方になってくれたのは大きく、ブリュンヒルドたちはかつてのように王城で過ごすことができるようになった。幸運ではあったが、時間をかけて説得を行う覚悟で来たブリュンヒルドたちが肩透かしを食らった気分になった。

シグルズ王の不在は病に臥せっていることにしてしばらく誤魔化すことになり、時間を稼いでいる間に次の王をどうするかという話し合いがもたれた。

一番の議題は、竜となったシグルズにこのまま人の王を続けさせるべきかである。

当然、反発する意見は多かった。神竜が人々を騙していたならなおのこと。竜の王など信用が置けない。

だが、シグルズを認める声も決して少なくはなかった。

「竜となったにもかかわらず、シグルズ王は我らの下へお戻りになった。そして真実を伝えてくださった。これほど民に真摯に応えた王は、王国史を振り返っても二人とおりますまい」

すかさず反論が出る。

「シグルズ王が素晴らしい王であることは認めましょう。しかし現実問題として、王はもう人の言葉を話せない。しかも見た目は人ではない。そのような存在が人を統べるなど……果たして民が納得するかどうか」

経験豊かな臣下が折衷案を出した。

「摂政を立ててはいかがかな」

これには多くの者が賛成した。妥当な落としどころに思えたのだ。摂政の候補として何人か有力な大臣や重臣があげられたが、ある者が気付いた。

「王の言葉がおわかりになる巫女様以上に相応しい方はいらっしゃらないのでは？」

御触れが出た。

神竜の真実が白日の下にさらされた。

そしてその神竜を討伐したシグルズが改めて王に、ブリュンヒルドが摂政になることが布告された。

掲示板の前に民は集まり、食い入るように掲示物を読んだ。

純朴な民はその御触れを信じ、ブリュンヒルドたちを受け入れて神竜を憎んだ。

そうでない民も、ブリュンヒルドらを受け入れた。反対する理由などないのだ。これでもう生贄(いけにえ)も行方不明者も出ないというのだから。

民の半数以上は、シグルズたちの治世を受け入れた。

それでも苛烈に反対した民が全体の三割ほどはいた。

神竜が民を守ってくれている。

大昔に生まれた伝承の根は深い。簡単に払拭(ふっしょく)はできそうになかった。

改めて王になったシグルズだが、やはり歴代の王に比べると白い目で見る者が多い。王を続けることができたのは大臣らの過半数が認めてくれたからだが、逆を言えば半数近くの臣下は竜王シグルズのことを快く思っていないということである。

それでもシグルズが心を強く持てたのは、彼を支える臣下と、何よりいつも隣にいてくれる摂政(せっしょう)のおかげだった。

慣れない摂政(せっしょう)の公務に懸命に取り組んでいるブリュンヒルドを見ていると、自分が泣き言を言っていてはいけないと思えたのだ。

政(まつりごと)に追われブリュンヒルドらは忙しくしていた。

だが、どれだけ忙しくともブリュンヒルドはシグルズの傍(かたわ)らから離れることはしなかった。

特に夜は、眠るシグルズに必ず寄り添った。

ブリュンヒルドが共に寝ると言い出した時のシグルズは顔を赤くしたもの、落ち着き払ってから真面目な顔で言った。

『ブリュンヒルド。竜になったとはいえ、俺にだってそういう欲求は変わらずある。だから、お前に隣で寝られたら正直我慢できないと思う。それにだ。こういうのはちゃんと順序を踏んでからだろう』

ブリュンヒルドはそれを見透かしたように言った。

『最初、あなたは眠っている神竜から体の支配権を取り戻したのでしょう。同じことを神竜がしてくるかもとどうして考えないの。あなたが眠っている時は、無防備で支配権を奪われやすいはずよ。対策のために、一緒に寝ると言ったのだけれど』

シグルズは犬のように顔を手で覆った。それをブリュンヒルドはにやにやと眺めていた。

シグルズをからかうと楽しいことに、ブリュンヒルドは気付いてしまったのだった。

ブリュンヒルドが少々意地悪であることは置いておいて、彼女の指摘は的確だった。

シグルズの中にある神竜の魂は、封じ込まれただけであって死んだわけではない。虎視眈々と体の支配権を奪える時を窺っていた。

シグルズが眠った時はやはり狙い目だった。彼の意識が薄まるからだ。今ならば体を取り戻せると確信した時が何度もあった。

しかし、そのたびに女の声がするのだ。

「シグルズ」とその声は呼ぶ。それで薄れていたシグルズの意識が呼び戻されて、体への支配を強めてしまう。そうなるともはや竜の魂が取り入る隙間などない。

せめて一晩、ブリュンヒルドがシグルズから離れてくれれば体の支配権を奪えるのだが。

しかし、もう神竜に勝ち目はない。

ブリュンヒルドの声が聞こえるたびに、自分の意識が薄れていくのを感じる。神の声が、肉体から出ていくように命じるからだ。日に日に神竜は弱っていく。後は消滅を待つだけであった。


国政に追われているうちに、半年が過ぎた。

懸命に働き続けていた成果が出たらしい。忙殺するような毎日に少しだけゆとりが生まれるようになった。

ブリュンヒルドとシグルズは牧場に来ていた。

子供の姿がたくさんあって、ブリュンヒルドは彼らと一緒に牧場の仕事を行っていた。牛に餌をやったり、子供に乳の搾り方を教えたりしている。作業用の衣服が土に汚れていた。

ここはただの牧場ではない。

孤児やアルタトスの保護施設としての側面を有している。彼らを従業員にして運営される牧場だ。ブリュンヒルドが作ったもので、つい先日稼働を始めたばかりだ。

以前からブリュンヒルドはこういった施設を作りたいと思っていた。アルタトスはまともな人間にならないなどと世間で言われている。けれど、彼らはそもそも生活環境が劣悪なだけでなく、就ける職業まで制限されているのだから、暗部に落ちていくのはやむを得ない流れなのだ。この牧場はその社会構造を変えるための最初の一歩で、摂政になったことで作ることができた施設だった。

エミリアや薬漬けの男、そしてファーヴニル。彼らとの出会いがアルタトスの状況改善に本格的に取り組むことを決めるきっかけとなった。自分の目が届かないからと諦めるのはやめようとブリュンヒルドは決意していた。

ブリュンヒルドのこの行いは王城の多くの人間に歓迎されなかった。

アルタトスや孤児に金を使うなど、どぶに捨てるのと同じだ。そう考えている役人や貴族が非常に多い。所詮は小娘の青臭い理想論だと一蹴されそうにもなった。

だが、意外な人間が貴族らを説き伏せていった。

ファーヴニルである。

子供を苦手としているはずの彼だが、この牧場の運営には強く賛成していた。

ファーヴニルはこの施設の価値を説いた。切り捨てられた人々への投資は時間をかけて国を支える力になると。彼の言葉は理に適っていたから、どうにか反対派を説得することができた。

牧場の運営が認められた時、ファーヴニルはブリュンヒルドに言った。

「働く者たちが、互いに家族のように慈しみあえるような……。そんな園を築いてください」

牧場に比較的子供が多いのは、ファーヴニルの提案によるものだ。心が荒み、傷付く前である子供でなくては、他人を家族のように愛することは難しいだろうと彼は述べた。

子供を多く受け入れたことでの問題点は多かった。幼い子供ほど労働力になりづらいことなどがそうだが、そういう問題点はファーヴニルが裏方から解決していった。

彼は牧場の運営のために身を砕いて働いたが、決して表に出ようとはしなかった。それはやはり、人を好きになれない性分のせいなのだった。愛情を抱けないと子供に見抜かれることを危惧していた。そんな邪悪は子供の視界に入るべきではないと彼は考えている。

だから、あくまでこの牧場の運営者はブリュンヒルドなのだった。

おそらくファーヴニルの危惧は正しかった。今、牧場には子供たちの笑い声が響いている。ブリュンヒルドに懐く子供たちの声だ。ファーヴニルではこうはいかないに違いなかった。たくさんの子供を慈しみ、導くブリュンヒルドの姿は厩舎に降り立った聖女のようですらあった。

離れたところにシグルズがいて、ブリュンヒルドを見守っていた。この光景を守っていきたいと思った。

シグルズの中には不安がある。

ブリュンヒルドに反発する者が、王城内で密かに増えてきている。彼らにとってブリュンヒルドは、シグルズの摂政になったからいい気になっている小娘なのだろう。

ブリュンヒルドは自分が守らなければならない。

ブリュンヒルドの傍にいる自分が。

子供と共に牛の餌を運んでいるブリュンヒルドを遠目からシグルズは見つめている。ブリュンヒルドがその視線に気付いて微笑みを返してくる。こちらがドキリとするような、魅力的な笑み。

だが、子供たちは違った。

彼らはシグルズに気付くと、そそくさとブリュンヒルドの背に隠れた。ブリュンヒルドの服の裾を摑んでいる。中には泣き出す女の子もいた。

シグルズが竜の見た目をしていたからである。

大人ならば、シグルズの容姿を見て露骨に嫌悪感を示すことはしないが、子供はそうはいかない。

だから、シグルズはブリュンヒルドを手伝えず、離れて見守ることしかできないのだった。

日が暮れかけた頃、ブリュンヒルドが牧場での仕事を終えた。

シグルズの下へ、作業着からドレスに着替えたブリュンヒルドが戻ってくる。肉体労働をして汗をかいているはずなのに、彼女から嫌な臭いはしない。仄かに花の香りがする。小さい頃から知っている、ブリュンヒルドの香り。今思えば、それは彼女の祖先が楽園の乙女だからなのだろう。

ブリュンヒルドはシグルズの背にまたがった。送り迎えはシグルズの仕事で、いつも背に乗せて運んでいた。

大きな翼が大気を叩き、ぐんと二人の体が上昇する。首に回されていた手にブリュンヒルドが一層強く力を込めた。

竜の背に乗って見下ろす町は、絶景だった。

日が沈みかけている。上層の藍色と、下層の朱色。それらが混じりあって生み出される紫の光。それは淡いのだけれど、瞳の奥に鋭く浸み込んでいく。

ぽつぽつと町に明かりが灯り出す。焚火のような橙の光。人の営みが放つ、温かな色合い。その明かりの下には、人が居て、暮らしていて、生きている。

ブリュンヒルドがため息を漏らすのが聞こえた。彼女の好きな眺めだった。シグルズと共に見るこの景色がブリュンヒルドは大好きだった。

王城に着いた。竜は翼を畳み、テラスの上に降り立つ。

すっかり暗くなっていた。

『今日は早く寝ようか。子供たちと遊んで疲れちゃった』

二人はテラスから城内へ入る。二人の寝室へと繋がっている。

だが、シグルズの足は重い。

共に眠る。そう言いだしたときから、彼女は毎晩自分と居てくれている。おかげで神竜の意識を風前の灯火まで追い込むことができた。

共に眠らなくてはならない。そうしないと、彼の中にいる神竜に肉体を奪われてしまうかもしれない。

けれど、シグルズは知ってもいた。

同衾するようになってから半年。竜である自分と寝床を共にするブリュンヒルドが陰でなんと呼ばれるようになったか。

『竜の姫』なんて呼び名はかわいいもので人によっては『蜥蜴の花嫁』だとか、もっとひどいものだと、口にするのも憚られる蔑称まで存在する。人ならざる者に欲情する獣や悪魔憑き扱いだ。

全部、自分の体のせいだった。ブリュンヒルドを守るどころか、一緒にいるだけで彼女の立場を悪くしてしまう。

シグルズは弱々しい声で言った。

『ごめん。一日でも早く、元の体に戻るから』

自分が人の体に戻れば、彼女を酷い仇名で呼ぶ人は減るはずだ。

ブリュンヒルドが振り返ってシグルズを見ている。

『方法は考えてある。エデンに行くんだ。そこには生命の果実という果物があって、どんな怪我や病気も治す効果がある。俺の体も治せると思うから。だから……』

言葉はそこで途切れた。

弱気を叫ぶシグルズの鰐のような大きな口に、花弁のように柔らかなものが触れていたからだ。甘い味と香りがした。

ブリュンヒルドの唇が、シグルズのそれに優しく重ねられている。

その行為でブリュンヒルドはシグルズの姿を肯定した。どんな言葉よりも雄弁に。

『他の仇名はともかく』

そっと花弁を離して、ブリュンヒルドは笑う。

『竜の姫っていうのは、お洒落で気に入ってるのよね』

シグルズの考えなど、何もかも彼女にはお見通しだった。

そして、知らないはずがなかった。自分が何と呼ばれているかくらい。

いつかの宣言通り、ブリュンヒルドはシグルズが竜の姿でも愛してくれる。

もしシグルズの体が人間のままだったら、泣いていただろう。変わり果てた自分を変わらず受け入れてくれる。それがどれだけ心強いことか。

竜の体は涙を流せる構造にはなっていない。

だから、代わりに言葉が零れた。

『好きだ』

涙のようにとめどなく。

『好きなんだ。お前のことが』

感情が溢れ出して止まらなかった。

昔からブリュンヒルドに恋をしていた。

だが、ここ数か月、彼女への想いは日に日に強くなっている。

少し意地悪なところはあるが、本当のところでは自分のことを心配してくれている。最近は、からかわれるのでさえ心地いい。彼女が笑っているのを見るだけで、幸せを感じる。だから、寄り添って寝ているけれど、もっと近くで見ていたい。毎晩一緒だけど、もっとずっと一緒にいたい。

ブリュンヒルドだけがシグルズの姿を肯定したって二人の状況が良くなったりはしない。むしろ二人を白い目で見る連中が増えるかもしれない。

だが、シグルズはこうも思ってしまう。

『お前が俺を認めてくれるなら、他の誰にも認められなくたっていい』

シグルズが人間の体に戻りたいと思っているのは今の姿が醜いからだけではない。

人に戻れたら、ブリュンヒルドに伝えたいことがあるのだ。

今の姿はそれを口にするのに相応しくない。

なのに、止まれなかった。

『お前を俺の妃にしたい』

格好悪いなと思った。人に戻るまで言わないつもりだった。

ブリュンヒルドは言った。

『幸せにしてあげる』

それは本来、俺の台詞なのにと思った。

ブリュンヒルドは女の子で、非力で、華奢なのに。

頼もしい言葉だったが、それを言わせてしまった自分が情けなかった。

いつもブリュンヒルドに頼って、支えられて、守られてばかりだ。

二人が愛を誓った翌日のこと。

ファーヴニルは一人で神殿の地下空洞にいた。

目の前には煌々と輝く『神の光』がある。巨大な炎が燃え盛っているかのようであった。

『神の光』の前でファーヴニルは思案していた。

考えているのは、自分の心のこと。

(……神ならば、治せるだろうか)

ファーヴニルは胸に手を当てた。

この出来損ないの心。

どれだけ医学を学び、薬に詳しくなろうと治せなかったこの心を。

(神の加護を手に入れれば、私も人を好きになり、慈しめるようになるだろうか)

愛することが、できるようになるだろうか。

ブリュンヒルドやシグルズのように。

普通の人間がそうするように、普通に人間を愛したい。その渇望は以前より強くなっている。

神竜の経歴が、ファーヴニルにとって衝撃的だったからだ。

ファーヴニルは神竜のことを気に入っていた。

神竜は救いようのない邪悪だった。あんな邪悪がいるのならば、自分という邪悪も許される。安心できる。

だがそもそも竜がエデンから逃げてきたのは、女を愛したからだという。神の命に背いてまで、愛に殉じようとしたのだ。そしてブリュンヒルドを寵愛していたのも、愛した女の影を見ていたからだと言う。

ならば。

(あれにも劣る私は、いったい何なのだ)

人を愛せない欠陥を有した生き物は、もはや世界に自分だけのように思える。

だから、彼は神殿の地下に来るようになっていた。今の彼には、ブリュンヒルドたち……困難を乗り越えて愛情と友情で結ばれた二人は眩しすぎて直視できない。

神殿の地下は王の命令によって関係者以外の立ち入りが禁じられている。絶対に一人になれて、安らげる場所だ。

尤もそれが神の力の御前と言うのは、無神論者にとっては皮肉であったが。

ファーヴニルは顔を上げて、『神の光』を見つめる。

青い瞳で、じっと。

「神よ。いるのならば」

呼びかける。

「私の夢を叶えたまえ」

声が鍾乳洞に染みて消えた。

しばらく待ってみたが、何も変わることはない。

当然だ。彼は神など信じていない。

『神の光』を目の当たりにしてもそれは変わらない。このエネルギー体を神のものだと考えていないのだ。きっと太古には人知を超えた力を持つ生き物がいて、それの忘れ形見なのだと推測している。

（譲歩して目の前のこれが神だとしても）

自分を救うことはありえない。竜にも劣る自分を救うことなど。

ファーヴニルは光に背を向け、地下空間を後にした。

王城の執務室に戻ったファーヴニルは、エデンに関する資料の作成を始めた。ブリュンヒルドを介してシグルズから聞き出した話と、古い書物の内容を照らし合わせて、最新の資料を作っていく。

作業をしているとブリュンヒルドが部屋にやってきた。何やらすこぶる機嫌がいい。

「よいことがあったようですね」

ブリュンヒルドの執務を手伝いながら、ファーヴニルは尋ねた。

「ふふ、わかる？　聞いて、ファーヴニル。私、近々結婚すると思う」

「ほう……」

感情の薄いファーヴニルも、この時ばかりは驚いてみせた。

「それはめでたい。ついに妃（きさき）の位を手に入れたわけですね」

婚姻の相手など聞かずともわかった。

「別に妃（きさき）になれるのが嬉（うれ）しいわけじゃないわよ？」

「ふむ……？」

ファーヴニルにとって物事の評価基準は富や名誉である。いつだってそれが先に来る。

だが、すぐにわかった。

（ああ、シグルズ様と結ばれるから嬉しいのか）

「いいのかしら。私ばっかりこんなに幸せで」

鼻歌でも歌いだしそうに機嫌がいい。今の彼女は、恋する乙女なのだった。

浮かれているブリュンヒルドをファーヴニルはなんとはなしに見つめていた。視線に気付いたブリュンヒルドが言う。

「うん。あなた、笑っている方が素敵よ」

「笑う？　私が？」

ブリュンヒルドは手鏡を取り出すと、ファーヴニルの顔を映す。

そこには相変わらず不愛想な男が映っている。

「笑ってなどおりませんが」

「よく見なさいよ。口の端がちょっと吊り上がってる」

そんな風には見えない。

「微妙過ぎて私にしかわからないのかしら」

「微妙も何も。そもそも笑ってなどいないのですよ」と返しかけたが、言葉を変えた。

「……なるほど。確かに笑っているようです」

ブリュンヒルドが喜ぶ。「そうでしょう!」

微妙な吊り上がりとやらが確認できたのではない。鏡に映る自分は仏頂面でしかない。だが、自分でも気付かず笑えているのだと信じたかった。

嘲笑は得意だ。自分にできる唯一の笑みはそれだけだ。

それだけだった自分が屈託なく笑えるようになったなら。

(神に頼らなくとも、私は主のことを)

部屋を出ていこうとしているブリュンヒルドをファーヴニルは引き留めた。

「ブリュンヒルド様」

「うん?」

振り向く。

「六年前、あなたは言った。私を好きになったらいいと」

「言ったわね。思い出すと恥ずかしい台詞だわ」

「あなたのことを、本当に好きになってもいいですか?」

くすくすとブリュンヒルドは笑った。

「いいけれど。嫁入りが決まった娘にいう台詞じゃないわね」

そのうちブリュンヒルドはシグルズに会いに部屋を出ていった。片時も離れたくないようだった。

ファーヴニルは、ここにはいないブリュンヒルドに向かって言った。
「ありがとうございます。我が君」
ありがとう。
それは彼にとって、油断の言葉でしかなかったはずだった。
しかし今の彼には、「ありがとう」の意味も少しはわかる気がした。
ファーヴニルが夜遅くまで一人で執務をしている時のことだった。
誰かが扉を乱暴に開けた。
ブリュンヒルドかと思ったが違う。彼女はとっくに眠っている。
入ってきたのは、スヴェンだった。
顔が真っ赤だ。ひどく酔っているのがわかった。ワインが入った陶器を手にしている。
上機嫌ににこにこ笑っている。
が、ファーヴニルと目が合った途端、顔を曇らせた。
「その目だ。その陰気な目つきが気に食わん。もう少し楽しそうにできないのか」
夜中にいきなりやってくるなり、ぶしつけな奴(やつ)だった。
ずかずかと部屋に入ってきて、ファーヴニルを指差した。
「後ろを向け。私を見るな」

ファーヴニルは硬い声音で返す。

「お前の命令を聞く理由はない」

「そうか。そうだな。お前は私の従者ではないものな。なら、私が後ろを向くほかあるまい」

言うとスヴェンは近場の椅子に座った。ファーヴニルに背を向けて。

酔っぱらいの行動は、わからない。

「何をしに来た。執務の邪魔だ」

「そう言うな。勉強ばかりしているから、お前は性格が悪いんだ」

スヴェンは傍らにあったテーブルの上にワインを置いた。

「今宵はな、喧嘩をしにきたのではない。飲み明かしに来た」

「私と……？」

「ああ。我らの主が婚姻するという。なのに従者がいがみ合ってばかりではよくない」

何を話そうと考えて、スヴェンは言った。

「私は、お前が嫌いだ」

親交を深めようとしているとは思えない言葉だった。

「知っている。だから、私に構わず出て行け」

「……嫌いだが、一目置いている」

予期せぬ言葉にファーヴニルが驚く。

より正確に言うならば、スヴェンはファーヴニルに一目置いているどころではない。

嫉妬している。

苦境にあったブリュンヒルドを支え、現状まで持ち直させた立役者。従者として申し分ない。偽物（にせもの）のシグルズの命令に従うだけだった自分より遥（はる）かに優秀だ。自分もファーヴニルと同じくらいにシグルズの役に立ちたいとさえ思っていた。

性格も性分も相容（あいい）れないが、主のことを大事に思っている一点に限れば、自分と彼は同じだとスヴェンは思う。だから、今の言葉はスヴェンなりの打ち解けるための譲歩だった。相手を認めることで、壁が少しでも薄くなればと思った。

「ブリュンヒルド様のことを心から想（おも）っているのだな」

でなければ、これほどの献身はありえない。そうスヴェンは考えている。

だが、ファーヴニルはむしろ声を固くしていった。

「それは、お前の話だろう」

「……何が？」

「主を好いているという話だ」

「お前もそうだろう？」

「私にはまだ自信がない」

ファーヴニルの言葉の意味がわからない。だって今日までのファーヴニルの行いは、ブリュンヒルドのことを好きなようにしかスヴェンには見えない。

（……まあ、こいつは哲学者だからな）

きっとスヴェンが考えもしないような小難しいことを考えているのだろう。

「難しく考える必要はないのではないか」

「そうらしい。普通は難しく考えないらしい。お前は感覚的にそういう感情が理解できるんだろう。だから、話にならない」

「……馬鹿にしているのか？」

「そうじゃない。……執務はまだ残っている。手伝わないなら出ていけ」

それでスヴェンは諦める。やっぱりこの男とは合わない。会話が全く噛み合わない。折角、酒を持ってきたのに楽しく飲むこともできなさそうだ。

「ああ。出ていってやる」

がたりと椅子から立ち上がる。

が、ワインの陶器はテーブルに置いたままだ。

「少しは遊ぶことも覚えた方がいいぞ」

そう言って、部屋を後にした。「執務にかまけて無理をするなよ」と言いたかったのに、つい攻撃的な言葉に変換されてしまった。こういうところは本当によくないなとスヴェンは自己嫌悪した。

入ってきた時と同じように、乱暴に扉が開けられ、そして閉められた。

スヴェンが出ていって、ファーヴニルは安堵した。ようやく執務に集中できる。

一時間ほど執務を続けた。

そして、やっと気付いた。

テーブルの上に、ワインの瓶が置かれていることに。

スヴェンが忘れていったものだ。ただ忘れていっただけのものである。

だが、ファーヴニルはそう取らなかった。気を使って、置いていってくれたのだろうと思った。自分以外の人間は、優しさを有していると思っているからだ。

部屋を出ていく前にスヴェンの言った言葉が蘇る。

「……そうだな。少しくらいは」

ファーヴニルはグラスを準備すると、ワインを注いだ。

ワインは美味だった。


それから数日後、スヴェンの部屋にファーヴニルがやってきた。

「話がある」

ファーヴニルは手にワインを持っていた。王城のワインセラーにたくさんあるもので、スヴェンが持ってきたのと同じ銘柄だった。

テーブルに向かい合って座る。何となく気まずかった。ファーヴニルが自分に接触してくるのは思えば初めてなのだ。

ワインをグラスに注ぎながら、ファーヴニルはスヴェンに話を始める。

「ブリュンヒルド様が学院に通おうとされているのは知っているか」

「ああ。外交のために、他国からの使者や学者と交流を持つとかなんとか……」

神竜を駆逐したことを契機に、王国は壁の外とも交流を持つようになっていた。

「王城の外に頻繁に出ることになるだろう。だが、そうなると反シグルズ派の人間が気がかりだ」

シグルズとブリュンヒルドには敵が多い。

例えば、神竜の信奉者。

神竜の真実が暴露された後も、神竜の信奉者は存在した。長きにわたって神竜信仰が根付いた国だ。数か月で信仰を変えられるわけがない。彼らはシグルズらが話した神竜の悪事も信じなかった。シグルズが支配権を確固たるものにするために、神竜を悪者に仕立て上げたのだと思っているのである。戦いの敗者が悪に仕立て上げられるのは歴史の常なので、信奉者たちの考えは必ずしも浅はかとは言えない。

そういった純粋な神竜信者の他にも、神竜の生贄（いけにえ）となった子供の遺族などもシグルズに敵意を抱いていた。生贄（いけにえ）は原則として無力な孤児から選ばれるが、次点としてアルタトスから選ばれることもあったので遺族が存在するのである。生贄の被害者であるはずの遺族がシグルズに敵意を向けるのは一見するとおかしなことに見える。彼らはシグルズが神竜の真実を暴露したことに対して怒っていた。我が子は殉死した。意味のある死に方をした。そう思うことが唯一の慰めだったのに、今更無駄死にだったと突きつけられて、最後の慰めも奪われた人間たち。彼らもまた頑なに神竜が悪とは認めなかった。真実をありのままに話すことは多くの人々に好意的に受け止められたが、こういった形で恨みも買っていた。

　彼らのことを、王城では反シグルズ派と呼んでいた。

反シグルズ派のうち特に苛烈な者は、シグルズを辛い目に遭わせることができたのなら、それ以上何も望まない。

　欲を言えば、シグルズ本人を殺してやりたいのだが、本人は竜で見るからに強そうである。自然、矛先はブリュンヒルドに向けられるようになっていた。本人を殺せないのなら、せめて大事な人を奪ってやりたい。それがどれだけ辛いことか、彼らは知っている。

　だからブリュンヒルドが学院通いを始めるのは、彼女に害をなしたい反シグルズ派にとっては好都合なのである。

「じゃあ……学院通いはやめるようにブリュンヒルド様をお諫めするのか？」

「それはダメだ。圧力に屈するようになっては、ブリュンヒルド様はどんどん身動きを取れなくなっていくだろう」

「ならば、どうする？」

「お前にブリュンヒルド様の護衛を頼みたい」

これがファーヴニルがスヴェンの部屋に来た目的だった。

スヴェンは素っ頓狂な声を上げた。

「私で、いいのか……？」

「お前が一番頼れるだろう。並ぶ騎士がいないのだから」

「そうではなく……」

ブリュンヒルド様の護衛を私に任せていいのかという意味だった。

だが、それを改めて聞くのはやめた。

ファーヴニルの体が不自由なのは知っている。

(本当は自分で護衛したいのだろうな。なのに……わざわざ私を頼ってきてくれるとは)

ファーヴニルの期待に応えたいと思った。彼はブリュンヒルドを何より大事にしている。そのブリュンヒルドを自分に任せるなど。それがどれだけ大変な決断か、同じ従者だからよくわかる。

「引き受けよう」

もっとも、どうして自分のことを突然信用してくれるようになったかはわからないが。

だが、信じられたならば全霊で応える。それがスヴェンの奉じる騎士の道だ。

それに、姫の近衛などこれほど騎士の冥利に尽きる使命はない。

スヴェンはつい声を張り上げてしまう。

「この魔槍に誓って、姫様をお守りする」

スヴェンが護衛に着いた効果は絶大だった。

ブリュンヒルドの学院通いが始まったが、反シグルズ派は全く手出しできなかった。

王国に轟く無双の騎士、スヴェン。アレを倒すくらいなら、シグルズ本人を襲った方がまだ勝ち目がある。

反シグルズ派は毎日、ブリュンヒルドのことを尾行した。しかし、彼女がスヴェンから離れる様子は全くない。

ブリュンヒルドも自分が狙われる立場であることはわかっているのだ。警戒を解くわけがなかった。

学院からの帰り道。夜遅かった。町はとっくに寝静まっている。

王城へ向かう馬車の中、ブリュンヒルドが近衛のスヴェンに話しかけた。

「スヴェン。ありがとうね」

スヴェンはかぶりを振る。

「もったいないお言葉。姫を守るのは、騎士の誉れです」

「ううん。それだけじゃなくてね？　あなた、ファーヴニルの友達になってくれたのでしょう？」

スヴェンは吹き出しそうになった。

「なんとおぞましいことを仰るのか……」

「あら、違うの？　ファーヴニルがあなたの部屋にワインを持って入るのを見たのだけれど」

先日、ブリュンヒルドの護衛を依頼してきた時のことを言っているらしい。

なるほど。ワインを手にして入室する姿を見たならば、その勘違いもしかたない。

「ご期待に応えられず申し訳ありませんが、友人になったわけではありません。彼はあなたの護衛を依頼しに来ただけでしたよ」

「そうなの……。それは残念ね」

ブリュンヒルドは明らかに落胆した様子だった。騎士として姫を悲しませるわけにはいかない。

だが、かといって友達だと前言を撤回するのも騎士の行いではない。

「友ではありませんが、認めているところはあります」

これがスヴェンに言える限界だった。

ブリュンヒルドはスヴェンの手を両手で握った。大きな隻眼が見つめている。

「じゃあ、ファーヴニルの味方になってあげてね。彼、誤解を受けやすいから」

ブリュンヒルドの声音はとても真剣だった。

騎士として、姫に不誠実な答えなどできない。

「わかりました。私で力になれることがあれば、彼の味方になります」

ブリュンヒルドは満足そうな顔をした。

「主が従者の心配をするなんてあべこべよね」

「……そうですね。従者にとっては恥ずべきこととすら言えます」

ブリュンヒルドは人差し指を口に当てた。

「じゃあ、このことは二人だけの秘密にしましょう」

「承知いたしました」

主に気苦労をかけるなど、従者失格ではある。だが、おかしなこととは思わない。二人の絆（きずな）を見てきたから、むしろ当然な心の動きだとスヴェンは思った。

それからも二人は他愛のない会話を続けた。和やかな雰囲気が馬車を満たしていた。

だが、しばらくすると馬車が急に止まった。

スヴェンが御者に何事かと問う。

「人が立ちふさがっているのです」

スヴェンはブリュンヒルドに「馬車の中でお待ちください」と言い、魔槍（まそう）を手に馬車を下りた。

馬車の前には男が立ちはだかり、通行を阻害していた。

男は目深にフードを被って俯いている。

「どいてもらおう。通行の邪魔だ」

スヴェンが低い声で言うが、男は動く様子はない。

「動かないなら、力づくでどかすことになる」

スヴェンは魔槍を突き付けた。

途端、男が顔を上げた。しかし、それは魔槍に怯えたからではない。

「きひっ」と男は気味悪く笑った。

その口には、鱗が咥えられている。ブリュンヒルドが見たのならすぐに気付いただろう。

それが竜の鱗であることを。

男は鱗を飲み込んだ。スヴェンはそれの意味するところがすぐにはわからなかったから、対応が遅れた。

男の体が爆発するように膨れ上がる。瞬く間に黒い竜へと変貌した。

さすがのスヴェンも驚き焦った。

竜の眼に知性はない。普通の人間が竜の鱗を喰ったところで、暴れまわるだけの邪竜にしかならないし、元の人間に戻ることもできない。だが、もはや反シグルズ派は自分の命を賭してでも、ブリュンヒルドの命を奪えればそれでよかった。彼らにはもう失うものがないのだ。

邪竜がスヴェンを襲う。邪竜は屈強な兵士が七人がかりでも敵わない相手である。

だが、ここからがスヴェンの恐ろしいところであった。

槍で爪を防ぎ、牙を弾いて切り結ぶこと三合。

「疾ッ！」

刃が煌めく。閃光が邪竜の喉を刺し貫いた。

「ぐう……」と口惜しそうな断末魔をあげて、邪竜は項垂れて絶命した。

邪竜よりも、この騎士は強い。二年前に邪竜の襲撃を受けた時も、スヴェンは二匹の竜を仕留めている。さらに磨きがかかった槍術は、鉄より硬い鱗さえも破壊する。

邪竜の一匹など、敵ではない。

倒れた邪竜から槍を引き抜き、ブリュンヒルドのいる馬車へと戻ろうとした時だった。

馬車がスヴェンを置いて走り出していた。

御者が反シグルズ派の人間に代わっていた。

「ブリュンヒルド様！」

走り去る馬車をスヴェンは追うが、国一番の騎士も馬の足には追いつけない。

馬車はみるみる遠ざかっていく。

馬車の中にいたブリュンヒルドも指を咥えて見ていたわけではない。状況の理解は彼女の方が速かった。

ブリュンヒルドは護身用に提げていた剣を抜き、御者の首筋に突きつけた。

「止めなさい。さもなくば斬る」

冷徹な声音だった。

しかし、御者は止まらない。

御者の様子から、ブリュンヒルドは察した。

（見透かされている。斬れないと）

ブリュンヒルドは人を殺せない。

殺しを嫌う彼女では、どれだけ冷徹に話しても声に凄味が宿らない。その空虚さは、「捨て身の覚悟」を決めた人間には容易く見抜かれる。

（どうすれば……）

そう思った時、ブリュンヒルドの真横を雷光のようなものが通り抜けていった。

鋭い閃きが、御者の胸を貫く。

スヴェンの魔槍だ。

足では追いつけないと理解したスヴェンは槍を投擲したのである。

渾身の力と壮絶なる集中力を持って放たれた槍は、籠を破壊しながら正確に御者の心臓を貫いた。精霊に愛された武芸者でなければ披露できない神業であった。

御者は項垂れ、馬車はコントロールを失った。籠が左右に激しく揺れる。突然馬車を襲った衝撃に馬はパニックに陥ったのだ。

（馬を御さなければ……！）

ブリュンヒルドはすぐに御者をどかし、馬を制しようと鞭を打った。彼女には馬術の心得がある。だが、的確な鞭捌きもパニックとなった馬には意味がない。むしろ逆効果と言って良かった。馬車を引いていた二匹の馬は暴れに暴れ、滅茶苦茶な方向へ進もうとした。

「あっ」

声を上げた時には、ブリュンヒルドの視界は回転していた。彼女の乗っていた籠が横転していく。少女の華奢な体が勢いよく放り出された。

最後にブリュンヒルドが見たのは、夜空だった。

全身を強い衝撃が襲った。頭を石畳に強く打ちつけたのだとわかった。

抗うこともできず、ブリュンヒルドの意識は落ちた。

動かないブリュンヒルドの下へ、近付く男があった。馬車の中にもう一人、敵が潜んでいたのである。

男は手にしていた凶器を無抵抗のブリュンヒルドに振るった。

死よりも惨い目に遭わせるために。

スヴェンはすぐにブリュンヒルドの下へ駆けた。

ブリュンヒルドの傍には怪しい男がいた。ブリュンヒルドを抱き上げて何かをしている。詳細はわからないが、止めなくてはいけないことだけは確かだ。

スヴェンは道に落ちていた石を拾うと、男に向けて投擲した。石は男の頭に吸い込まれていく。ぱがんという音と共に、男の頭が砕け散った。

男を殺し、スヴェンはやっとブリュンヒルドの下に辿り着いた。

不幸中の幸いか、体に目立った外傷はない。落馬の衝撃で気絶しているだけに見える。

ただ、どうしてか口の周りに白い粉がたくさん付着していた。

「ブリュンヒルド様！」

何度も声をかけて揺さぶったが、目覚める気配はない。不吉なものを感じてスヴェンは狼狽える。

(医者に見せなければ……。だが、こんな時間に医者など……。いや、そんなことを言っている場合か。町医者を叩き起こしてでも……。いや、待て。町医者よりも城の医者の方が腕がいい。少し時間がかかってでも、王城の医者に見せるべきだ)

スヴェンは混乱しながらも、ブリュンヒルドを抱えて王城へと走った。

運び込まれてきたブリュンヒルドを診て、医者が言う。

「頭の怪我(けが)は大したことありません。すぐにお目覚めになるでしょう」

が、どうしてか医者の顔は暗い。

「問題は、口についていた粉薬の方です」

粉の正体を聞いた時、スヴェンは愕然(がくぜん)とした。

ブリュンヒルドが賊に襲われた。

それを聞いたファーヴニルはすぐに医務室へと向かった。医務室の扉が近付いてきた時、部屋から恐ろしい金切り声が聞こえた。女性の声。嫌な予感がする。

うまく動かない体を急がせて、扉を開けた。

「ブリュンヒルド様！」

ファーヴニルの視界に飛び込んできたのは、信じられない光景だった。

「死ね！　死ね！　化け物どもめ！」

ブリュンヒルドが叫んでいる。そんな言葉を彼女が口にするのを初めて聞いた。

手には、護身用の短剣。抜き身のそれをやたらめったらに振り回している。

「殺してやるぞ」などと繰り返しながら、ブリュンヒルドはスヴェンと医者を威嚇している。

ファーヴニルは一瞬で状況を理解した。暗部で何度も見た光景だった。

薬を盛られた。死より苦しい制裁を与える時に使われる悪夢の薬だ。

その薬は強い幻覚・幻聴作用を持つ。今の彼女にはスヴェンも医者も化け物に見えているのだろう。声だって人の言葉には聞こえていまい。

（無論、私のことも）

ブリュンヒルドはファーヴニルに気付くと、短剣を突きつけて言った。

「竜の化け物め！」

ブリュンヒルドの目には、ファーヴニルは腐乱した竜の骸(むくろ)に見えていた。

憎悪(ぞうお)の目つきは、暗部で何度も浴びてきたものだ。慣れたものである。

なのに、それをブリュンヒルドから向けられると、胸にしんとした痛みを感じた。静かで冷たい痛みである。

誰も暴れるブリュンヒルドを止められずにいた。

医師には取り押さえる力がそもそもないし、スヴェンは力こそ強いが加減が苦手だ。自分が守り切れなかったせいでブリュンヒルドがこうなったのだから、これ以上怪我(けが)はさせられないという負い目も、彼の動きを強く縛っていた。

ファーヴニルは医師とスヴェンに指示をした。

「先生、利尿剤の準備をしてください。スヴェンは拘束具を」

警戒する様子もなく、ブリュンヒルドへと近付いていく。

スヴェンが叫んだ。「危険だ！」

制止の声はまるで聞こえていないかのようだ。

獣のような声をあげて、ブリュンヒルドがファーヴニルに突っ込んだ。

ざくりと、衣と肉を裂く音がした。短剣がファーヴニルの腹に刺さっていた。

ファーヴニルは身を庇うことをしなかった。必要を感じなかった。

（どうせ動かぬ体だ）

今更傷が増えたところで大差はない。

従者は、主へ一切の敵意を示さない。

「ひ……ひぃ……」

それが却って怖かったのだろう。ブリュンヒルドはナイフから手を放し、悲鳴を上げて後退した。

「たすけ、て……。たすけて、ファーヴニル……」

また近付いてくるファーヴニルのことをブリュンヒルドは引っ掻いた。何度も何度も。小さな子供のようだった。

（これと似た光景を見たことがある）

孤児を拾ってくる人だった。だから、体中はひっかき傷が絶えなかった。孤児なんかを相手に、心を通わせようとするから。

そんなあなたを、私は心底愚かだと思って見つめていた。

それは今も変わらない。

たくさんのひっかき傷を負いながら、それでも子供に笑顔を見せて抱きしめようとする娘がいたら、苛(いら)つくし、馬鹿だなと心から思うだろう。

「だから」

ファーヴニルがブリュンヒルドを部屋の角に追い詰める。

そして、両腕でブリュンヒルドを捕まえた。

「私にこんな愚かなこと、させないでください」

——こういうことは、私の仕事じゃない。

ひっかき傷だらけの従者に抱きしめられた時、ブリュンヒルドは呟(つぶや)いた。

「ファーヴ……ニル……?」

抵抗と狂乱が止まった。

悪夢が終わったわけではない。今も彼女の目には竜の化け物が見えている。言葉も届いていない。

だが、もう化け物を攻撃しようとはしなかった。

第四章

ファーヴニルは、ブリュンヒルドに拘束具を嵌めると、治療に取りかかった。

彼女が飲まされた薬は、体内に残れば心の機能を破壊してしまう。そして症状からすると、相当な量を摂取させられていたことがわかった。

まず毒抜きが行われた。

ファーヴニルは医師以上に毒抜きの方法に精通していた。水をたくさん飲ませて利尿剤を投与する。これが医師の指示した一般的な毒抜きの方法だったが、それではブリュンヒルドは助からないとファーヴニルは断言した。彼はハーブティーを多量に準備させた。強い毒抜きの作用があることを知っていたからである。飲ませる量についても、ファーヴニルは的確な指示をした。多量の水分を一気に飲ませても、毒抜きの作用は弱いのだ。適量をブリュンヒルドに飲ませることで、彼女の毒は素早く抜けていった。また香油を溶かした湯船にブリュンヒルドを入れた。すると汗に混じって毒が抜け出てくるのである。ファーヴニルの知識と手際の良さには、医師も舌を巻いた。

彼がこの薬に詳しいのは当たり前だった。この薬の大元は、彼が自分の心を治すために作り出したものなのだった。

丸一日、毒抜きを行ってどうにか峠は越えた。

ひとまず毒で死ぬことはなくなったが、拘束具は外されなかった。幻覚と幻聴はまだ続いている。数日は治まらない。

毒抜きの作業も引き続き行われる。むしろ、ここからが本番と言ってもいい。ここで手を緩めれば、いつかの実験体のように一生幻覚に悩まされることになってしまうのだ。

ファーヴニルは片時もブリュンヒルドから離れなかった。彼以外の人間が近付くと、ブリュンヒルドは狂乱する。たとえシグルズであっても。

シグルズ。彼は今、ブリュンヒルドの容態と同じくらいに重大な懸念事項となっていた。

彼はもう丸一日、ブリュンヒルドの呼ぶ声を聞いていない。

ブリュンヒルドの声が神竜の魂を封じ込める。その声を聞いていないということは、シグルズがいつ神竜に支配されてもおかしくないことを意味していた。

そしてその危険性は、シグルズ自身が誰よりもわかっていた。

シグルズは自己嫌悪に陥っていた。

(竜の自分が王になったせいでブリュンヒルドが傷付けられた)

彼にはわかっている。今回の襲撃事件は、金のない民が計画したものではない。件(くだん)の毒薬は高価だから民にはおいそれと手は出せないのだ。それに竜の鱗(うろこ)の入手も民には難しい。神殿も王城も普段は開放されていないから落ちている鱗(うろこ)を拾うことは難しいだろう。加えて鱗(うろこ)を食らえば竜になるということを知っている者に至っては王城にいるごくわずかに限られる。宮廷内の反シグルズ派が、民に鱗(うろこ)を与えてそそのかしたことは想像に難(かた)くなかった。

シグルズは自室にスヴェンを呼び出した。

言葉は通じない。竜であるシグルズには『竜の言霊(ことだま)』しか話せず、スヴェンはそれが聞こえない。

(おそらく俺は、神竜に乗っ取られるだろう)

神竜の意識が、強くなっていっているのを感じている。今のブリュンヒルドは、とても自分にかまっていられる状況じゃない。シグルズのことがわからないのだから。

(だから、スヴェン。お前に頼みがあるんだ)

シグルズは鼻で、スヴェンの魔槍(まそう)を指した。

「……神竜に意識を奪われたら、殺してくれと仰(おっしゃ)るのですね」

シグルズは頷(うなず)いた。

「ありえません。我が主が神竜ごときに負けるなど」

断言したのは、スヴェンがそう信じたいからだ。

スヴェンが苦り切った顔で言う。

「それに……婚姻の儀が近いではありませんか」

ブリュンヒルドとシグルズの婚姻の儀である。準備は着々と進められ、二週間後に迫っていた。

ここでスヴェンが婚姻の儀の話を持ち出したのは、シグルズの気力を奮い立たせたかったからだった。心を強く持てば、神竜の意識にも負けたりしないとスヴェンは信じたい。

(シグルズだって神竜に負けたくない。ブリュンヒルドに助けられたこの命。彼女と共に生きたいと思っている。そう思ってはいるが、王は命令を撤回しない。ブリュンヒルドの回復が間に合えばそれが一番だ。だが、そうならなかった時は、頼れるのはお前しかいないんだ)

ブリュンヒルドの声がなければ、神竜を討てるのはスヴェンだけである。

「何故(なぜ)、そのような残酷な命ばかりを」

そう問われても、シグルズはスヴェンの槍(やり)を見つめ続けた。

王は、この国の民や大切な人を傷付けたくないという想(おも)いが誰よりも強いのだ。

従者は応じるほかなかった。

「……御意」

それが主の命であれば。

ブリュンヒルドが正常な意識を取り戻したのは、毒抜きが始まって五日後のことだった。

ブリュンヒルドが第一に心配したのは、シグルズのことだった。

すぐにシグルズを病室へと呼び出した。そして声をかけようとした。

だが、ダメだった。後遺症で、呂律が回らないのだ。

「一時的な症状です。長く見ても一か月で完治します」と医師は言った。

呂律が回らないと『竜の言霊』もうまく発することもできなかった。

（書くものを用意してほしい）

身振り手振りでファーヴニルに伝えようとするが、その前にファーヴニルは準備していた羊皮紙と羽根ペンを差し入れた。この後遺症を彼は想定していた。

羽根ペンを走らせる。

――シグルズ。大丈夫？　意識が薄れていない？

『大丈夫だ』

――本当に？

『ああ。神竜の意識は強くなってきてる。でも、それだけみたいなんだ。どうやらもう体の支配権は俺にあるらしい。俺が支配権を譲ろうと思わない限りは、神竜は表に出てこられない』

（毎日、声をかけ続けた成果かしら）

『それに……』

シグルズはスヴェンを見てから言った。

『いざとなったらスヴェンに俺を殺すように命じてある』

ブリュンヒルドは俯いた。

——生きることを諦めないで。

頭ではブリュンヒルドもわかっている。自分の発声能力が戻る前に、シグルズが神竜に乗っ取られたら殺すのが最善策だ。神竜は妖しい術を使うから放っておくことなどできない。

だが、わかっていてもシグルズが死ぬことは絶対に避けたい。

『わかってる。俺だって本当にダメだって時まで諦めたりはしないさ』

それを聞いて、ブリュンヒルドは少し安堵した。

(思っていたより、状況は悪くないみたい)

続けてブリュンヒルドは三人に謝った。

心配と迷惑をかけたことを。

特にファーヴニルには深く頭を下げた。錯乱していたとはいえ、彼のことを刺してしまった。

ブリュンヒルドが非力だったことが幸いして浅い怪我で済んだからよかったものの、内臓を傷付けていれば死んでいてもおかしくなかった。

「お気になさらず。もとより動かぬ体です」

ファーヴニルは全く気にしていなかったが、それでブリュンヒルドの気が済むわけがなかった。

婚姻の儀が五日後に迫ってきた。

式は、神殿で執り行われる。シグルズが竜王だから、竜の神殿が相応しいという話になったのかもしれない。王の婚姻の儀は、王国民が総出で祝うと昔から決まっている。盛り上げるために、王国から民に無償で食べ物が供される。たくさんの料理人がやってきて出店で料理を振舞うのだ。婚姻を祝いさえすれば、いくらでも食べていいことになっている。なので、民の参加率はとても高く、まさに無礼講といった盛況を見せる。多くの民に愛される行事だ。

婚姻の儀が近付くにつれ、ブリュンヒルドはもやもやしたものを感じるようになっていった。

（……納得いかない）

シグルズが今もシグルズのままでいられていることに対してだ。

シグルズは言っていた。もう体の支配権は自分にあるから、神竜に支配されることはないと。

だが、ブリュンヒルドの頭は一つの……とても嫌な可能性を考えずにはいられなかった。

——竜の意識が、シグルズのふりをしているのではないか。

先日再会した段階で、既に神竜とシグルズの魂は入れ替わっていたとしたら。

（嫌な女ね、我ながら……）

年頃の少女らしく恋に身悶えすることもありながら、こういうところで変に頭が働いてしまう。だから、好きな相手であっても疑いの目を向けずにはいられない。

考えすぎじゃないかとも思う。

中身が神竜だと仮定したら、何故シグルズのふりをしているのかわからない。ブリュンヒルドに牙を向けるでもなく、逃走するでもなく、何故シグルズとして振る舞うのか。

思い悩んだ彼女の脳裏に浮かんだのは、ファーヴニルの顔だった。

彼に話すべきだろうか。

でも、嫌だ。もし自分の考えすぎだったら……。

相談がきっかけで、また四人がバラバラになってしまうかもしれない。

自分がファーヴニルに相談すれば、ファーヴニルは間違いなくシグルズに敵視に近い視線を向ける。

何より、私だってシグルズの言葉を信じたい。

ブリュンヒルドは悩み、そして決めた。


「ブリュンヒルド様がお考えのことには、私も思い至っておりました」

王城の地下にあるワインセラーにはめったに人が来ない。内緒話にはうってつけの場所だった。並べられた酒樽の陰で、ブリュンヒルドは自身の不安をファーヴニルに打ち明けた。

ブリュンヒルドは羽根ペンを羊皮紙に走らせる。

——どうして気付いた時に私に言わなかったの？

責めているわけではない。ファーヴニルらしくないと思ったのだ。

ファーヴニルはブリュンヒルドより遥かにリアリストのはず。ブリュンヒルドをリアリストにした張本人なのだ。そしてそのファーヴニルならば、シグルズが敵である可能性に気付いたのなら、その時点でブリュンヒルドに報告してシグルズから引き離しそうなものだ。

ファーヴニルは言う。

「お二人は、好き合っていらっしゃる」

——それがどうかしたの？

「ですから、お二人の間には不思議な絆、所謂、愛があるのではないかと。ブリュンヒルド様にはシグルズ様のお言葉が真実だと愛によってわかるのではないかと思いました」

唖然とした。ファーヴニルの言うことはあまりに非現実的すぎる。

——愛はともかく。そんな超能力はないわよ。あなた、私たちのことをなんだと思ってるの？

「ただ、遠い人とだけ」

ブリュンヒルドを見つめる目も、またどこか遠い。

ファーヴニルと長年を共に過ごしてきたブリュンヒルドだが、最近わかったことがある。

彼はリアリストでありながら、強烈にロマンチストな部分がある。

前にもちぐはぐに感じた時があった。シグルズを暗殺する夜のこと。シグルズの意識を留めるにはどうしたらいいかと尋ねたら「声をかけなさい」などと答えた。子供だって、そんな純粋な回答を口にしたりしないだろう。

(もしかすると、この人は正義や愛を信じたいのかもしれない)

正義や愛に、幻想を抱いているのかもしれない。

話を戻しましょう、とファーヴニル。

「今は、ブリュンヒルド様が私に相談してくださったことで、おおよその愛の力は予測できます。愛は万能ではない。だから、竜がシグルズ様のふりをしていると懸念している」

――そうだとしたら、竜の理由は何だと思う？

「ブリュンヒルド様のお命を狙っているのではないかと」

――それならもう殺されているはずよ。今日までに殺す機会はいくらでもあったのだから。

「まだ殺せない理由があるのかもしれません。例えば復讐。復讐鬼は、心底憎む相手を楽に死なせたりはしません。いつでも殺せる状態と言うならなおのこと。相手の大事にしているものを蹂躙する復讐を行います。私が思うに……」

ファーヴニルは、神竜の思考を想像する。

「婚姻の儀で事を起こすのが狙い目。大衆の見守る中、ブリュンヒルド様が誓いの口づけをする時に殺すのが一番辱められる。これほど無様な最期はないでしょう」

ブリュンヒルドは考える。

（……復讐(ふくしゅう)）

あり得なくはないと思う。神竜は自分のことをとても気に入っていた。気持ちは悪いが、愛されていたのかもしれない。その自分に裏切られたとなれば、憎悪(ぞうお)の感情も強いものに違いない。

婚姻の儀の式場には武装した兵士はほとんど配備されないし、ブリュンヒルドも重いドレスを着込むから動きが鈍くなる。狙い目だとは思う。

——なら、婚姻の儀は延期した方がいいでしょうね……。

「その通りです。毒が尾を引いていることにして延期しましょう。時間は我々の味方です。我々はあなたのお声が戻るまで待つだけでいい」

声さえ戻れば、ブリュンヒルドが一言命じればいい。今の意識がシグルズであれ神竜であれ、それで解決する。

翌日、ファーヴニルは毒抜きのための集中的な治療が必要ということにして、ブリュンヒルドをシグルズから離した。婚姻の儀当日まで神竜がブリュンヒルドを襲うことはないとファーヴニルらは踏んでいたが、確証があるわけではない。

ブリュンヒルドがシグルズから隠れて過ごすようになって数日が過ぎた。

スヴェンは部屋で自己鍛錬に励んでいた。普段なら修練場などで鍛錬を行うのだが、もう夜であった。

スヴェンには、悩み事があるときは体を動かす癖があった。運動をしていると、余計なことを考えなくて済む。

スヴェンが悩んでいたのは、自分の無能ぶり、不甲斐なさについてだった。

ファーヴニルのように切れる頭があれば、ブリュンヒルドのように竜の言葉が話せたら。

力が強く、槍を扱えるだけでは何にもならないことを思い知った。それでも彼には自分を鍛えるしかないのだった。

スヴェンの部屋の扉を誰かが叩いた。

一瞬、ファーヴニルの顔が頭に浮かんだ。だが、すぐにあり得ないと気付く。今の彼がブリュンヒルドから離れるはずがない。

扉を開けると、そこにいたのは竜の姿のシグルズだった。

「どうしたのですか。こんな夜中に」

シグルズは竜の声で何かを言った。何を言っているかは、スヴェンにはわからない。

「ブリュンヒルド様は……」

つい探そうとしてしまったが、いるはずがない。ブリュンヒルドはどこかで治療中だ。

スヴェンはシグルズの瞳を見る。スヴェンには、それが寂しげに見えた。

シグルズが竜の姿になって戻ってきてから一年が経つ。ブリュンヒルドはずっとシグルズと一緒にいた。シグルズの従者であるスヴェン以上に。

「寂しいですよね。ブリュンヒルド様がいきなりいなくなったら。私なんかでよければ、一緒にいましょう」

スヴェンはシグルズを部屋へ招き入れた。

部屋に招き入れたが、スヴェンはそれ以上のことをシグルズにできないことを知った。

(せめて『竜の言霊』が扱えたら、話し相手になれるのだが……)

そう思った時だった。

『スヴェン、聞こえるか』

声が聞こえてスヴェンは飛び上がりそうになった。

(なんだ。今の声は。心に語り掛けてくるような声は)

部屋には自分とシグルズしかいない。

(まさか今のはシグルズ様が)

『聞こえるなら返事をしてくれ。今、俺は竜の言葉で話しかけている』

嘘だった。それは『真声言語』と呼ばれるものである。

『真声言語』とは遥か昔、人々がいくつもの民族に分かれ、多様な言葉を話すようになる前に使われていた言語だ。あらゆる生き物との意思疎通が可能である。相手の知能、知識など関係なく、伝えたいことを伝えることができる万能の言語。

これは、エデンの住人にしか扱えない。シグルズが話せる言語ではない。

この国でその言語を扱えるのはエデンから逃げてきた竜だけである。

ブリュンヒルドの推理は当たっていた。

これはもう、シグルズではない。彼の意識は奥底に追いやられていた。

スヴェンの前にいるのは、シグルズのふりをした神竜。

だが、スヴェンがそれに気付けるわけがなかった。

感無量だった。

「聞こえます。我が主」

主の声が聞こえたことが嬉しかったのだ。

「しかし、何故急に『竜の言霊』が聞こえるようになったのでしょう？」

スヴェンは『竜の言霊』も『真声言語』も聞いたことがない。だから『真声言語』を『竜の言霊』と言われてしまえば、区別する術を持たない。

『ブリュンヒルドは愛の力で俺の意識を呼び戻した。お前が忠義の力で俺の言葉を解するようになったとしても、おかしいことはないだろう』

狡猾な言葉だった。自分の無力に打ちのめされていたスヴェンに、その言葉は染み入った。

天にも昇る心地になったスヴェンを誰が責められよう。

「ああ、我が王よ。私は、私の忠義は、間違っていなかったのですね」

スヴェンが涙を流したのも無理はない。

(もうずっと聞いていなかった、主の声)

スヴェンが最後に主の声を聞いたのは、一年前の夜。神竜を討伐しに行った晩が最後。あの日から、シグルズはシグルズでなくなった。

四人が和解して、一緒に過ごせるようになったのは半年前。だが、その時にはシグルズは竜の姿で、人の声では話せなかった。彼の言葉は、巫女(みこ)であるブリュンヒルドの口を介して伝えられた。

敬愛する主の声を聞けたのは、久方ぶりなのであった。

もし一年の空白がなければ、気付けただろうか。

ようやく聞けたと思っていた主の声ですら、偽物(にせもの)であるということを。

『スヴェン。お前に折り入って、頼みがある』

「応えましょう。どのような頼みであろうとも」

今の自分は、伝説に聞く巨竜が立ちはだかろうと負けない気がしていた。

『三日後に控えた俺とブリュンヒルドの婚姻の儀のことだ』

「お話は伺っております。延期なさるのでしょう?」

先日、突然に延期の話が出た。ブリュンヒルドの具合が思わしくないとファーヴニルが申し出たのである。

『いいや、期日通りに執り行う。臣下たちにはそう命令した』

「期日通りに……？」

　何か妙だと感じた。

　シグルズはブリュンヒルドを大事にしている。そのブリュンヒルドの具合が悪いというのに、無理に式を執り行おうとするだろうか。

　シグルズは言った。

『民が式を楽しみにしているんだ。婚姻の儀は、数十年に一度しかないお祭りだからな。彼らの笑顔を曇らせたくない』

「なるほど。我が王のおっしゃる通りです」

　スヴェンは少し納得する。民の笑顔のため。いかにもシグルズが考えそうなことではある。

　だが、その上で進言した。

「恐れながら申し上げます。民を想うシグルズ様のお気持ちはよくわかります。それでも姫様のお具合を優先されるべきではないでしょうか。式は逃げません」

　シグルズは辛そうに顔を伏せた。

『……ブリュンヒルドは、本当は体調不良などではないんだ』

「なんですって」

『俺は見た。ブリュンヒルドが元気にファーヴニルと話をしているのを』

シグルズは続ける。

『思えば、体調不良を言い出したタイミングも妙なんだ。まるで俺を避けるみたいに』

それについては、スヴェンも妙なものを感じていた。ブリュンヒルドは離宮で療養中ということになっているが、今更集中的な治療が必要な状態になるとは思えなかった。またスヴェンは離宮にブリュンヒルドを見舞いにいったこともあるのだが面会は許されなかった。その時になんだか避けられているようにスヴェンも感じた。

「もしかすると……姫様はもう元気なのかもしれません。ですが、それなら何故シグルズ様を避けるのでしょうか」

『ブリュンヒルドは……俺と結婚などしたくないのかもしれない。想い人が別にいるように思える。本当はファーヴニルと結ばれたいんじゃないだろうか』

「ありえませんよ！」

反射的に返事をした。

確かに二人は深い絆で結ばれている。だが、そこに男女の好意があるようにはスヴェンにはとても見えない。

『どうかな。毒で狂乱して周りが見えなくなっている時でさえ、ブリュンヒルドはファーヴニルだけはわかっているようだった。俺のことはわからなかったのに』

「それは……」

それを引き合いに出されると言葉に詰まる。だが、それでもブリュンヒルドがシグルズ以外に恋心を抱いているとはスヴェンには思えないのだ。

『ブリュンヒルドがファーヴニルに惹かれるのを責める気はない。……俺の体は人間じゃないしな』

それを聞いて、スヴェンはピンと来た気がした。

(シグルズ様は不安なだけだ。以前から自分のお姿はブリュンヒルド様に相応しくないとこぼしておられたらしいからな)

ブリュンヒルドからも聞いていたことだった。「竜の姿でも私は気にしないのに。シグルズは負い目に感じているみたい」と彼女はスヴェンに漏らしていた。

『お前の言うように式は延期すべきだろうか。そもそもブリュンヒルドは式に出席してくれないかもしれないな……』

「いいえ。式は行いましょう。必ずブリュンヒルド様を出席させます」

スヴェンは力強く言った。

「私にお任せください。主の不安を全て払って御覧に入れます」

シグルズの表情が明るくなったようにスヴェンは思った。

『そうか。ブリュンヒルドを式に連れてきてくれるか?』

「必ずや。この身に宿る忠義に誓って」

その後、スヴェンは心ゆくまで主との語らいを堪能した。

話したいこと、聞きたいこと、たくさんあったのだ。

スヴェンは夜が明けるまで話し、そして主の声を聞いた。


翌日、ブリュンヒルドのいる離宮に三名の医師がやってきた。姫の容態を確認するために遣わされた者たちだった。

自分が診ているから必要ないとファーヴニルが追い返そうとしたが叶わなかった。医師たちは騎士スヴェンの命を受けていたからだった。ファーヴニルよりスヴェンの方が地位が高い。

それに、ファーヴニルが正規の医者でないこともここにきて響いた。その知識は医師以上のものだが、独学で身に着けたものに過ぎない。

結局、医師たちがブリュンヒルドを診察し、二日後の式に出ても問題ないと診察結果を下した。

式の延期の申し出は却下された。

医師らが帰った後、病室でブリュンヒルドが羽根ペンを走らせる。

——ここまで式にこだわるということは、やはり私たちの推理は当たっているということかしら。

「そうでしょうね。シグルズ様がもうシグルズ様ではないことは確定的と言っていい。式で何か仕掛けてくるということも」

これでブリュンヒルドは婚姻の儀への出席を余儀なくされた。ここまで強硬な手段に打って出る相手ならば、ブリュンヒルドを仮病で床に伏せさせても通じないだろう。

ブリュンヒルドが書く。

——声が戻るまで逃げてしまうというのはどうかしら。

「無論、そうすべきです。しかし……」

窓の外をファーヴニルは見る。

外には複数の騎士がいて、そのうち一人と目が合った。

「見張られているでしょうね」

二日後の婚姻の儀まで、ブリュンヒルドが外出するのは難しそうだった。

読みが甘かったかとファーヴニルは内心で歯噛(はが)みする。

神竜は、正体を隠すために慎重に立ち回るとファーヴニルは予想していたのだ。大胆に動いてくれたことでシグルズが既に神竜と化している確信は持てたものの、完全に後手に回ってしまった。

だが、それでも手はまだある。

(神竜を殺してしまえばいい)

相手が神竜であることはほぼ間違いない。ならば殺せばいい。ブリュンヒルドの命を守るためだけを考えるならそれでいい。しかし、殺すだけでは後の状況がよくない。王を殺した逆賊になってしまう。シグルズの中身が神竜であるという証拠はないのだ。

（殺すなら、尻尾を出させてから……）

思案しているファーヴニルの眼下に、ブリュンヒルドが羊皮紙を差し入れる。

──シグルズを殺そうとしているの？

上目遣いの目には、不安の色がある。それでファーヴニルはハッとした。

もうファーヴニルは王のことを神竜としてしか認識していなかったが、ブリュンヒルドにとってはまだシグルズなのだ。

未だに人を好きになるという気持ちの理解について、ファーヴニルは自信がない。

だが、想像くらいはできる。

「シグルズ様は殺しません。殺さない手を考えます。ですからこの件は私に一任していただきたい」

その言葉を聞いて、ブリュンヒルドはファーヴニルに任せることにした。

──もう一度あなたを信じます。私の従者。

婚姻の儀が翌日に迫った。

スヴェンは離宮に向かっていた。ファーヴニルに確認したいことがあった。

離宮にあるファーヴニルの部屋の前に着く。ちょうど侍女が彼の部屋から出てくるところだった。侍女は機嫌がよさそうだった。

（珍しいこともあるのだな）

部屋から出てきた侍女がにこやかということは、彼女はファーヴニルと楽しい会話でもしていたということになる。だが、ファーヴニルにそんな社交性があるとは思えなかった。

（いや、彼なりに変わってきているのかもしれないな。誤解されやすい性格だが、悪い奴とも言い切れない。友人だってできるだろう）

スヴェンはファーヴニルの部屋をノックする。

出迎えたファーヴニルに、スヴェンは言った。「少し、いいか？」

テーブルを挟んで、差し向かいに座る。

一度、酒を酌み交わした。その時は、部屋は居心地のいい空気に満ちていた。

だが、この部屋にそれはない。離宮の部屋の装いが王城のそれと違うからではない。

ファーヴニルがスヴェンを警戒しているのは明らかだった。巧みに気配を隠しているから並の騎士なら気付けないだろうが、スヴェンには感じ取ることができた。

ファーヴニルは、スヴェンのことを既に敵とみなしていた。彼がシグルズの騎士であることをファーヴニルはよく知っている。なら、本人に自覚か悪意がなくとも、もう神竜の斥候として考えるべきなのだ。

「……何の用だ」

問う声にも微かに緊張がある。友好を深めたように見えた二人だが、その関係性は無に帰したように見えた。

だが、スヴェンからすればどうしてそんなに警戒されるのかわからない。

「どうしてブリュンヒルド様を隠したんだ。お体はもうほとんど治っているのに、まだお具合が悪いなどと嘘をついてまで」

その声に敵意はない。責めるような響きもない。

スヴェンがここに来た理由の一つに姫であるブリュンヒルドとの誓いがあった。

誤解されやすい性格だと姫が言っていた。だから、誤解がないように彼なりに起きたことの真相をはっきりさせようと思った。

「何か理由があるのではないか。無意味なことをする人間ではないだろう？」

それを聞いた時、ファーヴニルはスヴェンが自分に歩み寄ろうとしていることに気付いた。

だから、彼の頭に絶対にありえない展開がよぎってしまった。

（スヴェンを味方にできたなら）

明日の婚姻の儀。打てる策は打ってある。だが、とても十分とは言えない状態だった。神竜を殺していいとなれば別だが、生かしたうえで勝利するのはかなり難しい。

だが、スヴェンが味方になれば話は全く変わってくる。

一年前ですら、スヴェンは神竜を相討ちに持ち込めた。磨きがかかった今の彼なら完封することすら可能だろう。

だが、ありえない。

スヴェンを神竜と戦わせる方法が思いつかない。たとえ中身が別人でも、この騎士は主に刃を振るわない。

(余計なことは考えるな。ありえない可能性を考えるのは無駄だ)

今、自分がすべきことはスヴェンを追い返すことである。究極的に言えば、一言だって言葉を交わすべきではない。全て神竜に筒抜けになると考えていいだろう。

指を組み、向かいのスヴェンを睨む。

だが、その時、どこからかワインの香りが漂ってきた。

それは気のせいだった。スヴェンの顔を見て、香りを思い出しただけのことだった。

なのに、それが幻とわかっていてなお、彼の口は勝手に動いていた。

「……シグルズ様は、シグルズ様でない可能性が強い」

人を信じてみたかった。彼の主のように。

スヴェンはファーヴニルの言葉の意味がわからずきょとんとしている。

「……何を言っている?」

「神竜がシグルズ様のふりをしているということだ。だから、ブリュンヒルド様をヤツから離した」

言葉の意味を咀嚼するような間の後、弾けるようにスヴェンが言った。

「ありえない！」

スヴェンの顔は怒りで真っ赤になっている。

「私は、シグルズ様と語り明かしているのだ。初めて出会った時から今日までの思い出話を……。神竜が知るはずのない記憶だぞ！」

「神竜はシグルズ様と一部の記憶を共有しているのを忘れたのか。それよりも語り明かしたというのは、どうやって？」

「私も『竜の言霊』が話せるようになったんだ」

「どうして話せるようになった？」

「私の想いが届いたんだ。シグルズ様に誠心誠意お仕えするという想いが……」

スヴェンは歯ぎしりして、ファーヴニルを睨みつける。

「笑うんだろう。ありえないと」

「笑わないさ。ありえないとも思わない」

スヴェンは面食らう。ファーヴニルのことだから、てっきり理詰めで否定してくると思っていた。だから胸の中に喜びが湧いてくる。自分のことをわかってくれたのだと思った。

だが、そうではなかった。

「しかし、想いが届いた可能性とは別に、より説得力のあるケースが思いつく」

「……言ってみろ」

「『真声言語』だ」

エデンについて、ファーヴニルはブリュンヒルドから様々なことを聞いていた。彼は生命の果実に興味があったからだ。万病を癒す果実の情報を得る過程で『真声言語』のことも知った。

「神竜はエデンから来た。『真声言語』も扱えると考えるべきだろう」

「違う。アレは『竜の言霊』だ。シグルズ様はそう仰っていた」

「何故、区別できる？　お前は神竜に騙されて……」

「黙れ！」

スヴェンはファーヴニルを遮る。ファーヴニルの襟首を乱暴に掴むと、無理矢理自分の方へと引き寄せた。

「次の言葉は慎重に選ぶがいい。これ以上、我が主を侮辱すれば何をするかわからないぞ」

ファーヴニルは確信する。

これは脅しではない。

今のスヴェンは頭に血が上っている。彼は無暗な殺しをよしとはしない性分だが、感情的になれば止まれない。そうでなくてもスヴェンは人外の膂力を有しており、対するファーヴニルは脆弱なのだ。なでられただけで首が折れるかもしれない。

(……こうなることはわかっていた)

わかっていたのに。

どんな言葉を並べようと、スヴェンを説得できないことなどわかっていたのに。

「……スヴェン。私はシグルズ様を助けたい」

「嘘を吐くな。お前の関心事はブリュンヒルド様のことだけだろう」

「そうかもしれない。だが、シグルズ様が死ねばブリュンヒルド様が悲しまれる。だからシグルズ様は殺せない」

ファーヴニルは目を伏せて言う。

「私はブリュンヒルド様のことが好きだから」

スヴェンは目を剝いて、ファーヴニルを見た。

好きという言葉は、ファーヴニルから最も縁遠いものだと思っていたからだ。

「ブリュンヒルド様をお助けするために、お前の力が必要だ」

馬車でのブリュンヒルドとの会話がスヴェンの脳裏に蘇る。

――ファーヴニルの味方になってあげてね。

(……今がその時ではないのか)

スヴェンにだってわかっている。ファーヴニルの言っていることが正しいかもしれないこと。

少なくとも理屈は通っている。だから、感情的になったのだ。

(それに……)

スヴェンは弱ったような目でファーヴニルを見た。

彼は自分を頼ってきている。それに応えたいという気持ちがあった。

ファーヴニルがブリュンヒルドのことを第一に考えているのは知っている。その彼が、ブリュンヒルドのことで自分を頼ってきている。それは。

(私のことを信頼してくれているから……)

頼られるのは好きだ。

なのに、今は頼られるのが重みだった。

長い沈黙があった。懊悩の時間だった。

けれど、結局スヴェンは言った。

「……私はシグルズ様の騎士だ。裏切ることはできない」

スヴェンは主との約束を守ることにした。

ファーヴニルの推理は筋が通っているとは思う。でも、推理は所詮、推理に過ぎない。

「従者である私くらいは主の味方でいたいんだ。シグルズ様の言うことを誰も信じないなんて悲しすぎるだろう」

「そうか。……そうだな」

二人は静かに決別した。

スヴェンは掴んでいた服を離すと部屋を出ようとする。

だが、立ち去る前にスヴェンは何かを差し出した。

美しい宝飾で彩られたグラディウスである。最高位の騎士にだけ賜わるものだ。

「この剣を持っていれば私の騎士団を動かすことができる。お前に預ける。ブリュンヒルド様をお守りするための助けにするといい。……お前ならうまく扱えると思う」

騎士は主を裏切ることはできない。

だが自分を頼る者を見捨てることもまた、騎士の行いではない。

ファーヴニルにグラディウスを押し付けると、今度こそ部屋を後にした。


ついに婚姻の儀がやってきた。

王と姫を祝いに、国中から人々が集まった。民は、ただで料理を食べるために押し掛ける。近場の国民のほとんどが参加していたと言っていいだろう。彼らが集まるのは下心故ではあるが、それでも人がいれば盛り上がる。お腹が膨れて酒が入れば、食べ物を与えてくれた王と妃を祝おうという気にもなるのだ。

「シグルズ様万歳！」「我らの偉大なる王と妃に栄光あれ！」

陽気な民の楽しげな声が響く。儀式の祭壇の上で、様々な人が婚姻を祝った。踊り子が舞い、音楽家が奏でる。歌に合わせて、演劇も繰り広げられた。偉大なる竜王が国を導く、明るい未来を連想させる内容だった。陽気な民衆も高らかに歌い、そして手を取り合って踊っていた。

宴がいよいよ盛況となった時、主賓が登場する。

飾り付けられた祭壇で口づけをするのだ。

シグルズは上空から現れた。風を巻き起こしながら舞台の上に降り立つ威容に、観衆たちは大いに沸いた。

「竜王！　竜王！」「我らが竜王！」

竜王が降り立った後はブリュンヒルドの出番である。

従者であるファーヴニルにつれられて、姫はやってきた。

祭壇へは花で彩られた道が続いている。花嫁のためだけに誂えられた道である。ここからは従者はともには行けない。

一度だけ姫は従者を不安そうに見た。従者はそれに無感情な瞳で返した。それで、姫は花嫁の道へと足を踏み出す。

祭壇へと続くそれをしとやかな足取りで踏みしめていく。

竜の姫は美しく、上品なドレスで着飾っていた。ルビーの首飾りが目立っている。王家の家宝で、愛を誓った夜に渡されていたものだった。

冠(かぶ)っているティアラからは薄闇のようなヴェールが降りている。
慎み深く、そして神秘的にヴェールは巫女(みこ)の顔を包んでいた。
舞台の前に辿(たど)り着(つ)いた姫は、階段をゆっくりと昇る。
互いに永遠の愛を誓った後、口づけの時がやってきた。
竜は首を垂れて、妻が近付くのを待った。
妻は竜に近付くと、細い指でヴェールを分け、唇を覗(のぞ)かせた。
竜の額に唇を近付ける。
その瞬間、竜は顔を上げた。
竜の動きは速かった。自分が死んだことにすら、姫は気付かなかったかもしれない。
観衆は言うだろう。気付いた時には、姫の首から上が消えていたと。
ばつんという、何かが千切れる音が最初にあった。
竜王の大顎が、ヴェールごと妃(きさき)の首を食いちぎっていた。
「姫様！」
民衆の誰かが怯(おび)えた声で叫んだ。
姫の体が崩れる。同時に顔を覆っていたヴェールが羽のように滑り落ちた。
顎に挟まれている顔は、ブリュンヒルドではなかった。
影武者である。

離れたところにいた従者が、隠し持っていた剣を掲げた。

グラディウスが陽光を浴びて煌めいた。

「かかれ」

ファーヴニルの青い眼が、冷たく竜を見据えている。

それまで陽気に踊っていた民衆。その一部が宝石剣の号令に従って一斉に竜王へと襲い掛かった。彼らは民ではなかった。スヴェンの騎士団が誇る精鋭たちである。民のふりをして、号令を待っていたのだ。彼らは民の衣装の下に隠していた得物を手に、神竜を生け捕りにしようとしている。

姫の影武者を用意したのはファーヴニルだ。

ブリュンヒルドに背格好の似ている侍女を金で釣ったのだ。このことをブリュンヒルドは知らない。敢えて話さなかった。知れば彼女は止めるだろう。自分以外の人間が危険に遭うことを良しとしない女性である。だが、ファーヴニルが思いつく限りではこれが最も犠牲が少なく、かつ勝利する見込みの強い策だった。影武者が妙な動きをしないように身の危険の説明を一切しなかったことを知ればブリュンヒルドは軽蔑するに違いないとファーヴニルは思った。

影武者の首が落ちる時、羊皮紙に書かれた文章がよぎった。

――もう一度あなたを信じます。私の従者。

前回とは違う。今度は主の信頼を裏切る策であることはファーヴニルにもわかっていた。

それでも彼には、こういう手しか選べない。

──私は主を、裏切ってばかりだ。

精鋭たちが振るう無数の刃が、暴君の竜を貫こうとしていた。

いかに竜が強靭な生き物であっても、全てを捌くことは不可能のはずであった。

ただし、騎士たちには僅かに躊躇があった。生け捕りにするように命じられていたせいで生じた躊躇である。それが、致命的だった。

竜が咆哮した。人々には何を言っているかわからない。だが、その場に竜の言葉を解する巫女がいれば、彼女にはわかっただろう。

竜が『殺せ』と叫んだことを。

突然、祭壇が大きく揺れた。

祭りに参加していた者たちが周囲を見渡し、驚愕する。

「そんな、馬鹿な……」

祭壇を囲んでいる竜の石像。神殿に配置された竜の彫像。

それが地響きを立てて動き始めている。まるで生命を吹き込まれたかのように。

否、それはもとより生物だったのだ。神竜が隠していた私兵である。

遠い昔に邪竜にさせられた人間たちであった。

彼らは「静止せよ」と神竜に命じられていた。邪竜は簡単な命令をこなすことができる。そして簡単な命令ならば、永遠に実行できるのだ。

幾星霜を超えて静止し続けた邪竜は鱗が色あせ、風化し、石像のようになっていたのだった。

それが今、新たな命を受けて動きだす。

『殺せ』という至極簡単な命令を果たすために。

動き出した竜が一斉に人を襲い始めた。

突如として現れた何十という竜には、ファーヴニルの精鋭たちも動揺した。このような事態は事前に聞かされていない。ファーヴニルも予期していなかった。

動き出した竜の石像たちを見て、ファーヴニルはやられたと思う反面、敵ながら見事とも思っていた。伏兵は隠れることなくずっと我々の前にいたのだ。

神竜が婚姻の儀を狙ったのは、ブリュンヒルドの警備が薄くなるからだけではない。この伏兵たちにブリュンヒルドを確実に殺させるためだったのだとファーヴニルは思った。

（おそらくは……王国を囲う竜像も全て神竜の従僕）

精鋭たちが怯んだ隙を神竜は見逃さなかった。強靭な尾と爪で、騎士たちを切り崩して窮地を脱した。奇襲の優位性は完全に失われていた。

祝いの舞台ゆえに、この場には民間人とろくに武装をしていない騎士がいるばかり。まともな戦力はファーヴニルの用意した精鋭以外にないといってよかった。

神竜は邪竜たちとともに人々を蹂躙し始める。

絶望的な戦力差を目の当たりにしてファーヴニルは理解した。

自分はここで死ぬだろう。竜の大群を相手に切り抜けられるような武勇は、彼にはない。

だが、安堵(あんど)もできた。この場にブリュンヒルドは連れてこなかったのだから。たった一点だけだが、最も重要な一点において、自分は神竜を出し抜いている。神竜の考えを読み切れたわけではないのが癪(しゃく)だったが、結果としては勝利と言っていいだろう。

神殿から町に竜が移動するまでには少し猶予がある。式の参加者のうち、何割かは逃げ伸びて町に異常を伝えることができるだろう。賢いブリュンヒルドのことだ。うまく切り抜ける手段を見つけられるに違いない。ブリュンヒルドの声さえ戻れば、王国が持ち直すこともできるはずだ。

ファーヴニルの役目は終わった。もはや抵抗する理由すらない。

(だが、叶(かな)うのならば……)

ファーヴニルはグラディウスを構えた。


時間は少し巻き戻る。

誓いの口づけが行われる一時間ほど前。

ブリュンヒルドはベレン亭にいた。ファーヴニルが手配してくれていたのだ。花嫁衣裳(いしょう)に着替えるふりをして侍女の服を着て、城を脱していた。

（ファーヴニルは、全て自分に任せて待っているように言っていたけれど……）

彼は自分が講じている策について、何もブリュンヒルドに教えなかった。ブリュンヒルドはかなり食い下がって、策の内容を教えるように言ったのだが、いつにない頑なさで口を割らなかった。だから、あなたを信じると言った手前、ブリュンヒルドが折れたのだった。

けれど、もやもやする。

心配なのだ。ファーヴニルを信用しているが、万一彼の身に何かあっては……。

そわそわしている気分を抑えきれず、ブリュンヒルドは室内を歩き回っていた。ただただ落ち着かない。

誰かが部屋の扉を開けた。

「ブリュンヒルド様？」

スヴェンだった。

（スヴェン？　どうしてここに）

今日はシグルズの婚姻の儀なのだ。シグルズの側近であるスヴェンは参加していないとおかしいのだが。それにブリュンヒルドがベレン亭にいることはファーヴニルしか知らないはず……。

「ブリュンヒルド様、何故ここに。もう式が始まっていますよ」

ぐうの音も出ない。自分が下町にいる方がよほどおかしいのだ。

ブリュンヒルドは持ち歩いていた羊皮紙と羽根ペンを取り出して筆談しようとする。だが、その前にスヴェンがブリュンヒルドの腕を摑んだ。

「ブリュンヒルド様。今からでも式に向かうべきですよ」

ブリュンヒルドを式に連れていく。

主との約束をスヴェンは果たそうとしていた。

ファーヴニルがブリュンヒルドを逃がすとしたら、違う身分の人間に変装させるのではないかとスヴェンは踏んでいた。何故なら一年前、奴隷と騎士に姿を変えて脱獄する二人をスヴェンはこの目で見ていたからだ。その策にスヴェンは心の奥で感心していた。槍を振るうだけではなく、自分も策を講じられるようになれたらと思って、彼の手法のいくつかを誰にも言わずに勉強していた。それがまさかこんな形で役に立つとは夢にも思っていなかった。

無論、花嫁が影武者であることには気付いていたが、敢えてそれを指摘することはしなかった。すれば、城の者が総出で姫を探すことになる。それでは姫を見つけ出せたとしても、恥をかかせることになるだろう。それは騎士の行いではない。姫の名誉のため、あくまで隠密に彼女を式に向かわせる必要があった。

祭りの日故に、城を後にした侍女や女騎士はかなり多く、ブリュンヒルドの特定には手間取った。しかし、祭りの日だというのに貧民街へ向かうおかしな侍女を聞き込みで見つけて、どうにかベレン亭まで辿り着けたのだった。

「こんな空気の悪い宿にいては、またお体の具合が悪くなってしまいますよ。外の空気を吸い、楽しい気持ちになれば怪我(けが)の治りも早くなるというものです。さあ、私がお連れしましょう」

戸惑うブリュンヒルドを無視して、スヴェンは手を引く。スヴェンの力にブリュンヒルドが勝てるわけがなかった。

(やっとシグルズ様の役に立てる)

それがスヴェンの悲願だ。

ずっと役に立てなかった。

シグルズが最初に神竜に乗っ取られていた時はそのことに気付けなかった。知ったあともブリュンヒルドのように殺すこともできなかった。極めつけにシグルズの最愛の女性であるブリュンヒルドの護衛すら満足に果たせなかった。

だから、シグルズの役に立てるのは望外の喜びなのだ。

(そのはずなのに)

なのに、何故(なぜ)かファーヴニルの声が過(よぎ)った。

――私はブリュンヒルド様のことが好きだから。

それが水を差して、スヴェンは立ち止まってしまった。

スヴェンは、シグルズのことを信じている。主の役に立ちたいし、主を裏切りたくない。

なのに、どうしてもファーヴニルの言葉が振り払えない。

（もし、本当にシグルズ様が神竜になってしまっているとしたら）

その可能性をスヴェンは認めない。考えないようにさえしていた。主を疑うなど騎士としてあるまじき行為だ。何より、考えたくもなかった。

だが、その逃避的な思考によって感じる気持ち悪さが、ここでひときわ強くなった。

（万一、神竜だとしたら大変なことになる）

神竜が何をしようとしているのか思い至るだけの頭はスヴェンにはない。しかし、ブリュンヒルドを神殿におびき出して害をなそうとしていることくらいはわかる。

ともすると自分は、ブリュンヒルドをむざむざ危険に遭わせようとしているのではないか。

「ブリュンヒルド様……」

宿に残っていてくださいと言いそうになった。だが、言えなかった。ここまで迷ってなお主の命に背くことはできない。ブリュンヒルドの細い手首を摑(つか)んでいる腕。それを離すことができない。

「私は……あなたを祭壇に連れていかなければならないんです」

苦しくて自然と零(こぼ)れた言葉だった。

ブリュンヒルドは労(いた)わるように柔らかな手つきで、スヴェンの空いている手に触れた。

そして、彼の手のひらを開かせる。

手のひらに、指でなぞって字を書いた。

——大丈夫よ。丁度、神殿へ向かうつもりだったの。

彼女の中には怒りがあった。

シグルズを騙り、スヴェンには無理矢理に命令を聞かせている竜への怒りだ。

——ファーヴニルのことが心配なの。あなたも一緒に来て。

ブリュンヒルドはファルシオンを手に取ると腰に提げた。

手首を摑まれたまま、けれどブリュンヒルドがスヴェンを引っ張る。

（ごめんなさい、ファーヴニル。やっぱりあなたに任せきりにはできない）

スヴェンに連れていかれるのではない。

あくまで自分の意思で、神殿へ向かうことを決めた。

ブリュンヒルドらが神殿に着いた時には、既にものすごい数の人が集まっていた。

押し合いへし合いで身動きが取れないほどだ。みんな陽気で、楽しそうにしている。最も王国の活気づく日が婚姻の儀なのだ。

ともに歩くスヴェンは頼もしかった。

ブリュンヒルド一人ではあっという間にもみくちゃにされていたに違いないが、スヴェンが彼女を守った。スヴェンのたくましい腕が、人の波を分けて進んでいく。騎士道物語に出てくるお姫様を守る騎士そのものだった。

二人がもう少しで祭壇に着こうとした時だった。

『殺せ』

竜の声がブリュンヒルドだけに聞こえた。

(……今のは『竜の言霊』)

ブリュンヒルドはスヴェンに向かって一刻も早く祭壇へ行きたいと伝えようとしたが、言葉が話せないのでうまくいかない。混雑の中では筆談などできない。スヴェンには竜の言霊が聞こえていないのも致命的だった。

程なく行く手から悲鳴が上がった。

「竜が出た！　竜の群れだ！」

(竜の群れ！　そんな。どこから……！)

ここでスヴェンが状況を理解した。

混乱する人々が神殿の出口へと押し寄せたことで、あちこちでドミノ倒しが起きた。幼い子供や女性、老人ほど押し倒されやすかった。倒れた人は、逃げ惑う人に踏まれ、蹴られ、死んでいった。スヴェンがいなかったなら、華奢なブリュンヒルドもどうなっていたかわからない。

騎士の中の騎士は、津波を割るかのような勢いで押し寄せる人々を弾いていった。だがスヴェンを以てしても前に進むことはできなかった。一人ならまだしも今はブリュンヒルドを守らなくてはならない。

しばらく凌いでいると神殿から逃げてくる人が減り、どうにか先に進めそうになった。

ブリュンヒルドとスヴェンが再び祭壇へと向かおうとすると、無数の竜に遭遇した。竜は武器も持たない民を襲っている。

ブリュンヒルドがスヴェンに目配せをする。その目は『民を守って』と言っていた。スヴェンはそれに応え、竜を斬り捨てていく。


祭壇は地獄絵図と化していた。

ファーヴニルが集めた精鋭の騎士も、多すぎる邪竜を前には為す術がなかった。

騎士の最後の一人が、血飛沫をあげて倒れた。

ファーヴニルは肩で息をしながら、その惨状を眺めていた。

彼もまた軽傷ではない。切れた額から流れ出ている血が顔を赤く染めている。竜の爪と尾の攻撃を受けている体はもはやいうことを聞かない。

ファーヴニルの前に一匹の竜がやってくる。

シグルズ、否、神竜だった。

威嚇するように牙の生えた大顎を近付けてくる。対峙するファーヴニルは欠けたグラディウスがあるだけだ。

勝ち目などない。役目も果たした。状況を冷静に理解している。

「――ッ！」

それでもグラディウスを神竜の頭に振り下ろした。

死にたくない。

まだブリュンヒルドを見守っていたい。

初めて人を好きになれたのなら。

グラディウスが神竜の頭にぶつかる。

がぎんという金属音がしただけだった。鱗には傷ひとつついていない。脳天をかち割るつもりで剣を振るったのにだ。非力なファーヴニルの限界だった。

ファーヴニルは自嘲した。

（やはり嘘だな、強い気持ちが力になるなど）

あるいは自分が邪悪であるために、清い力の恩恵にあずかれないだけかもしれないが。

神竜が顎を開く。ファーヴニルの頭を嚙み砕かんために。いよいよファーヴニルは諦めて目を閉じた。

どんと自分の体が横合いから押されるのをファーヴニルは感じた。

驚いて目を開ける。

いてはいけない人がそこにいた。

（ブリュンヒルド様）

あろうことか。

駆け付けたブリュンヒルドが自分を庇っていた。顎に噛み砕かれそうになっていたファーヴニルを突き飛ばしていたのである。ファーヴニルへと走る彼女は速かった。制しようとしたスヴェンが間に合わないほどに。一瞬前までファーヴニルがいた場所に、今はブリュンヒルドがいる。

それは即ち、ブリュンヒルドが竜の牙にかかることを意味していた。

ブリュンヒルドもそれはわかっている。そうなることがわかっていて、飛び出したのだ。

迷いはなかった。助けたかった。助けたかった。

——今日までどれほど、ファーヴニルに助けられてきただろう。

一度くらいは、自分が助ける。そう決めていた。

肉を断つ音。

ブリュンヒルドの右腕が宙を舞った。

大顎はブリュンヒルドの肩を噛み、右胸の一部までも食いちぎっていた。

噴水のように血を撒き散らしながら、ブリュンヒルドは倒れた。

ファーヴニルは呆けて、床に転がって動かない主を見下ろしていた。

「ブリュンヒルド、様……？」

喧騒が遠ざかる。

──代わりに忍び寄るように古い雨の音が近付いてきた。

「ブリュンヒルド様」

ファーヴニルはブリュンヒルドに駆け寄って、抱き起こした。

目には光がない。焦点があっておらず、どこを見ているかもわからない。

顔は蒼白で、唇は紫色だ。どくどくと流れる血が服を深紅に染めている。右肩の断面からは欠けた肺が顔を覗かせている。

ブリュンヒルドの口からはひゅーひゅーと息の漏れる音が聞こえる。だから、生きているか死んでいるかで言えば、まだ生きてはいる。

だが、これほどの致命傷を負っていては、息がある方が残酷だ。

──雨の音が強くなる。七年前に聞いた冬の音。

ファーヴニルは打ちのめされていた。

だが、それは主が死ぬからではなかった。

今、全ての答えが急にわかったのだ。

さっき、ファーヴニルは思った。死にたくない。ブリュンヒルドをまだ見守っていたいと。

そう思った本当の理由も今ならわかる。

自分が本当に見守りたかったのは、ブリュンヒルドの生ではない。

死を見届けたかったのだ。

心の奥底で、彼はブリュンヒルドの死に期待をしていた。

いつか主の死を見届ける時があるのならば、その時は今度こそ強い慟哭が自分を襲うのではないか。そうしてわかるのではないか。自分も人を好きになれたのだと。微笑みを浮かべられていると指摘された時のように。

自分にも人の心はあるのだと。

だが、ファーヴニルの心はさざ波一つ立たなかった。

ブリュンヒルドを助けるために地下牢を出た時のことを思い出す。看守を斬り捨てた。血の流れ出る首を押さえて、けれど生きていた看守がファーヴニルを見上げていた。それを見て、ファーヴニルは思った。

(処理した方がいいかもしれない)

ブリュンヒルドを見下ろして同じことを思っている。

(処理した方がいいかもしれない)

手にしているグラディウスが、いつかのショートソードと重なった。首を深く斬ってあげれば、ぐうと呻いて死ぬだろう。看守と同じように。

ブリュンヒルドと出会ってからのこの六年間、ずっと夢を見ていた。

夢の中では、自分は人を好きになれる。人の痛みに憤り、涙できる。人の幸せを我が事のように喜べる。

それは、多くの人にとって簡単なことなのかもしれない。だが、ファーヴニルにはこれ以上なく難しいことだった。

だからブリュンヒルドは、夢から出てきた人だった。

見ていて苛つくことがあったのは、自分が欲しいものを全部持っているから。

夢の欠片。それが傍にあれば、自分も優しくなれる気がした。

大事にすれば、命がけで大事にすれば、好きになれるんじゃないかと思った。

——ああ、そうか。

私は、ブリュンヒルド様のことが好きではなかったんだな。

好きだと思いたかっただけだ。

死に瀕した彼女を前にしても、涙も悲しみも湧いてこない。

竜に喰われて死んだ妹と同じ。

何も変わらない空虚がファーヴニルの中を満たしているのだから。

答えは出た。

人形に心が宿るのは物語の中だけだ。

ゴミは何をしてもゴミから変わることはない。

——古い雨の音が聞こえ続けている。

だから、この瞬間、ブリュンヒルドを守る意味も価値も消失したのだった。

これ以上、どれだけ大事にしようが無駄である。

ならば。

苦しみを長引かせるよりは、殺してやるべきだ。

そう考えた。

そう、考えた……。

それでもファーヴニルはグラディウスを鞘に納めた。

今ほど自分に失望したことはない。こんな自分に従いたくなかった。

(雨の中捨てられていたゴミのままでも)

——それでも、この夢は諦めたくない。

悪足掻きだった。

死にゆくブリュンヒルドを抱き上げて走った。ろくに動かない体のはずが、今はブリュンヒルドを抱いて走ることができた。

駆けて、駆けて、駆けて、駆ける。

遠ざかる夢に追いすがるように。

腕の中のぬくもりはどんどん失われていく。ファーヴニルにだけ聞こえる雨音が、体温を奪っていくかのようだった。

目指す場所は、決まっていた。

瀕死（ひんし）の主を助けるならば、もはやそこしか思いつかない。

地下への隠し扉を開ける。

階段を、下りて、下りて、下りた。

鍾乳洞（しょうにゅうどう）のような地下空間。

その最奥（さいおう）からの光が二人を照らず。その熱でブリュンヒルドの体温が少しでも戻ってくれることを期待した。

光に辿（たど）り着（つ）いたファーヴニルは呼びかける。

「主（しゅ）よ」

もはや神以外にブリュンヒルドを救えるものはなかった。

「我が魂を捧（ささ）げます」

無神論者の文言は、むしろ悪魔を呼ぶ呪文に似ていた。

彼は神を信じていない。

それでも確信している。

もし神がいるならば必ずブリュンヒルドは救うと。

彼女は、自分とは違う世界の人だから。

神と同じくらい遠い世界の住人だから。

ファーヴニルはブリュンヒルドを光の塊へと差し出す。

開祖の竜を落とした破滅の光へ。


神竜の望みは、死んだ妻にもう一度会うこと。それだけだ。

だから、妻の血族に巫女という特別な地位を与えて大事にしてきた。妻の影を、妻の子供たちに重ねていたのである。

中でもブリュンヒルドは、歴代のどの巫女よりも妻に似ていた。まさに生まれ変わりだった。

けれど、ブリュンヒルドはもう神竜の役には立たない。

彼女の中には別の想い人がいるし、何より彼女は自分の声の力を自覚してしまった。もはやブリュンヒルドを神竜の思うままにはできない。自分はこのまま消えるほかないと思っていた。

だからブリュンヒルドが声を失った時、絶好の機会だと思った。神竜はシグルズの体を再び乗っ取って、強引に婚姻の儀を推し進めた。

妻の似姿から、愛の口づけを施されたかったのだ。

わかっている。その愛も口づけも、自分に向けたものではない。けれど、それでもよかった。

死ぬ前に、幻想を見たかった。

神に呪われている神竜は、死後、妻と同じ場所には絶対に往けないのだから。

だから、神竜が結婚式に拘ったのは、ブリュンヒルドを殺すためではなかった。口づけさえ施されたなら、大人しく消えてやるつもりだった。

だが、やってきた妻は、妻ではなかった。

小賢しくもヴェールで顔を隠していたが、神竜にはすぐにわかった。わけても自分が妻の顔を見間違えるはずがない。

だから、口づけを施される前に噛み殺した。反射的な行動だった。この上ない愚弄に、怒りで頭の中が真っ赤だった。

続けて「かかれ」という声がして、隠れていた騎士たちが自分に襲い掛かってきた。もとより自分は騙し討ちにされる手筈だったらしい。

ならば、神竜も容赦はしない。最後に抱いた純朴な願いを踏みにじられたことへの憤りもある。

なるほど、確かにその願い自体は純朴だった。だが、この竜が行ってきた暴虐を思えばファーヴニルらがそんな可能性に思い至るはずがない。

神竜は竜の像たちを呼び起こし、応戦した。神竜自身も怒りのままに騎士を噛み殺していった。

だから、ブリュンヒルドを噛み殺してしまったのは、神竜の本意ではなかった。従者を庇うために飛び出してきた彼女は本当に素早かった。神竜があわやと思った時にはもう遅かった。

ブリュンヒルドの右腕を食いちぎった時、神竜は静止した。

けれど、すぐに思い直した。もう殺してやるしかない。

ブリュンヒルドのことを生意気な小娘だとは思っている。愛情ももうない。だが、妻に似た彼女をいたずらに苦しめたくはなかった。

ブリュンヒルドの従者が、瀕死の彼女を連れて逃げていく。それを追いかけ、殺そうと牙を振るった。

振るう牙が、刃によって弾かれる。鉄がぶつかる激しい音がしたが、地下へ向かうことに集中しているファーヴニルの耳には届かなかった。

魔槍を携えた騎士が、ゆらりと神竜の前に立つ。双眸が神竜を睨んでいる。

この騎士が自分より強いことを神竜は身を以て知っている。だが、彼の中に恐怖は全くなかった。

何故なら神竜は知っている。

(こいつは、腑抜けだ)

今の神竜は、シグルズの肉体に宿っている。

だから、この騎士に自分は斬れない。たとえ中身が神竜であると知っていても、シグルズだったものには刃を向けられない愚か者なのだ。一時はシグルズとして振舞い、彼の愚直ぶりを間近で見てきたから間違いない。

神竜のうちに、残虐な心が沸き起こる。いつかの夜、この男に殺されかけた。その屈辱を晴らすのも悪くないと思った。

神竜の体が陽炎のように揺れると思うと、無数に分かれた。幻術である。

無数の神竜が一斉に爪を振るった。恐ろしいのは、卓越した術で生み出された幻は実体を有していること。迫る何十の爪。そのどれかが触れれば、騎士の体は容易く斬り裂かれる。当たれば死ぬが、逃げ場などない。

だが果たして、幻術を使ったのは神竜だけだったのか。

相手も幻術を使った。神竜にはそうとしか思えなかった。

気付いた時には、爪の包囲網から騎士は消えていた。

「御意」

声が後ろから聞こえた。

ぞっとして振り返る。

魔槍が赤く濡れていた。

既に斬り裂かれていた。

神竜の生んだ幻が、全て貫かれて霞（かすみ）と消えた。

噴き出す血を見て斬られたと気付く。

気付いた時には、また魔槍（まそう）が消えている。

囁（ささや）くような声がした。

「御意」

翼が刻まれる。

神竜は理解した。これは幻術ではない。ただ疾（はや）く槍（やり）を振るっているだけだ。

視認し、痛みを感じるよりも早く体が刻まれていく。

修練を積み、より研ぎ澄まされた魔槍（まそう）は、もはや音より疾（はや）く。

体が刻まれるたびに「御意」という声が聞こえる。静かで小さな声が、神竜にはひどく恐ろしく聞こえた。魔槍（まそう）のすべてが必殺だったが、それをどうにか凌（しの）いでいる辺り神竜も尋常ではない。けれどそれも長くはもたない。

（何故（なぜ）……）

神竜にはわからない。何故（なぜ）この男がこうも強いのかではない。

わからないのは、どうしてこの騎士が刃を振るえるのか。シグルズの体を使っている自分に。

（刃を向けられないはずなのに、何故（なぜ）……）

スヴェンは槍を振るいながら、頭の中で何度も主の命を思い出していた。

『神竜に意識を奪われたら、殺してくれ』

ブリュンヒルドが襲撃を受けた日の夜、そう命じられた。声が聞こえたわけではない。あの時のシグルズは喋れなかった。

ただスヴェンの槍をじっと見つめていただけである。

その眼差しから、主の声を連想した。それこそ偽物の声だ。本当に聞こえた声ではなく、スヴェンが頭の中で作り出した声に過ぎないのだから。だが、その命が聞こえるとスヴェンは動くことができた。主の命を果たさねばと思った。

神竜が崩れ落ちた。もはや体に傷のないところなどない。

あとは命を断つだけである。

スヴェンは槍を構え、もう一度主の命を再生した。

「御意」

石火のように神竜に迫った。

刃が神竜の胸へと沈む。心臓を貫くために。

その直前に、神竜の言葉が間に合った。

『俺を裏切るのか』

刃が止まった。

胸の中ほどまで沈んだが、止まった。

忠義と命令の狭間で、騎士は静止した。

だが、騎士の表情が悔しさや怒りに歪んだりはしなかった。

彼なりにわかっていた。おそらく、こうなることは。

肉を深く断つ音を、騎士は自分の体の中から聞いた。

爪で撫でられただけで、騎士の肉体は両断されて地に落ちた。

騎士の死だった。

『は、はは』

真っ二つになった騎士を見下ろし、神竜は哄笑する。

(勝った。勝ったのだ)

危ういところであったが、結局は勝った。

『ははは！　はははははは！』

神竜の傷がみるみる再生していく。胸に刺さっていた槍が無念そうに床に落ちた。

竜を満たす勝利の喜びはすぐに騎士への怒りに変わった。自分に手傷を負わせ、追い詰めたことへの憤怒。体が再生されると、騎士の骸に近付いた。既に無残に両断されているが、さらに肉塊に変えねば気が済まない。

だが、竜は騎士の骸を辱めることはできなかった。

突然、悪寒を感じたからだ。

否、悪寒というのは生温い。

走ったのは、原始的・本能的恐怖である。

それを神竜は知らない。実際にその光を目の当たりにしたのは、神竜ではない。

だが竜の開祖がそれを見て、その身を焼かれている。故に全ての竜の記憶に、それは克明に刻みつけられている。

破滅の光。神雷の恐怖は……。

その気配へと振り向く。

神竜は見下ろされていた。遥か高みにいる女に。

女には翼も翅もない。けれど確かに飛んでいた。

翼も翅も必要ないのだ。

神や天使は、飛翔にそのようなものを要さない。

見下ろす女。黒い瞳に、黒い髪。

失われた右腕。そこからは火花のような黄金の輝きが漏れ出している。

姿を見た瞬間に理解した。

あれこそが自分の死であると。

怯えた本能が抗う。

上空へ向けて炎を吐いた。扇のように広がったそれは躱せるものではない。鉄をも飴のように溶かす超高温の炎だ。なぶられればどんな生き物もひとたまりもない。

女は、炎を突っ切ってきた。

その体が神のものならば人の世界の法則では傷付かず。

姿を現した時には、手に稲妻のようなものを握っていた。

雷霆。

神と竜の戦い。それは古の時代に決着がついている。

故に、これは勝負にすらならない——。

雷霆に焼かれる。激痛に苛まれながらも、神竜は逃げようとした。翼をはためかせて速く、幻術を用いて目くらましをしながら逃走する。

だが、どれだけ早く動いても神は光のような速度で追いついてきたし、幻も通じなかった。無数の幻の中から神眼は本物を見抜いて攻撃してきた。

神殿から出ることすら叶わずに神竜は墜落した。その衝撃で床が砕けた。

文字通り手も足も出ない神竜の下に、女が降りてくる。

神竜はそれを憎々しい眼で睨んでいた。

愛した女に瓜二つの美貌も、敵となっては憎いばかりである。

だが、女は神竜の近くにやってくると右手に編んでいた雷霆をほどいた。

代わりに口を動かす。音はうまく出ない。

『……し……ぅ……』

自分を消し去るために、シグルズの名を呼ぼうとしているのだと思った。だが、毒のせいでうまく舌がまわらないのだ。

倒れている竜に触れ、縋(すが)っているように見える。

ざまあみろと思った。

神竜の望みは叶(かな)わなかったが、現状も神竜にとってそう悪いものではなかった。

シグルズの身体で大勢の民を殺してやった。多くの人間が、竜王の蛮行を目撃した。この後、シグルズの意識を取り戻させて事情を説明したとしても、シグルズがただで済むとは思えない。いかに王とはいえ反発は強烈だろう。ブリュンヒルドがシグルズを守ろうとすれば、彼女の身も危うくなる。そしてこの愚かな娘は恋人のために間違いなくそうする。

(国を追われるかもしれんな。私たちのように)

ブリュンヒルドの雷霆(らいてい)によって死に瀕(ひん)した神竜の中には、彼女への憎悪が渦巻いている。

せいぜい苦しめ。

『う……し……て……。る……』

ブリュンヒルドを待ち受ける苦難を思えば、恋人の名を呼ぼうと繰り返される言葉すら、子守歌のように心地よい。

だが、聞いているうちに神竜は気付いた。

これは、シグルズの名を呼んでいるのではない。

『ゆ……し、て。ぅ、る……し……』

ゆるしてと言おうとしている。おそらくは、雷霆(らいてい)を振るったことに対して。そうしなければ止められなかったとはいえ、傷付けたことを謝っている。

胸を抉(えぐ)られるような痛みが襲った。

もうずっと昔のこと。

エデンの島から、神命から逃げ出した時。

竜が呪いをかけられたと知った時、彼女は泣いた。

『許して』

自分のせいで呪われたのだと彼女は自分を責めた。そんな必要はなかったのに。罰を受けるとわかっていて、島を出ることを決めたのだから。

だが、何度言っても、彼女は自責をやめなかった。

『許して』を繰り返していた。

竜に寄り添って、泣き縋(すが)りながら。

どんな彼女の姿も好きだった。

だが、その姿だけは苦手だった。

だから、ずっと忘れていた。好きな彼女の記憶だけ覚えていたかったから。

ブリュンヒルドに対して、同情の気持ちなどわかない。自分以外の男のために流す涙など忌まわしいだけだ。

それでも、神竜にはブリュンヒルドの姿が耐えられなかった。

本当によく似ている。

不幸にも歴代のどの巫女よりも。

探し続けていた妻をやっと見つけることができた。

最も望まない姿で。

だから、神竜の意識が消えたのは、神の命令が聞こえたからでも、同情からでもない。

自分のために神竜は己の意識を消すことにした。

これ以上、妻に謝られ続けるのは死ぬよりも辛かった。

ただ、消える前に神竜は思った。

もしも昔の自分ならば。楽園の生き物をみな愛せた頃の自分ならば。

この娘のために自分の死を選ぶこともできたかもしれない。

そうすれば、もっと安らかな気持ちで消えることができただろう。

最期に神竜は自分の肉体を見た。人を喰うことで朽ちることなく保たれた若々しい体と穢れなき純白の鱗。

けれど、

（朽ちていったのは、肉体だけではなかったのだな）

それで、神竜の魂は掻き消えた。

『ブリュンヒルド』

『竜の言霊』が聞こえた。

自分の名を呼んだのは神竜ではないと、ブリュンヒルドにはすぐにわかった。

『シ……ス……』

何故シグルズの意識が戻ってきたのかはわからないが、ブリュンヒルドにとってこれほど嬉しいことはない。

けれど喜んでばかりもいられなかった。

遠くからたくさんの足音が聞こえる。鎧のぶつかる音もした。竜が暴れているのを聞きつけて、騎士たちが駆けつけてきたのだ。

シグルズを背中に庇い、足音の方を向く。右手の指の間で、火花が散った。

ブリュンヒルドの覚悟は決まっている。

戦うつもりなのだ。

どれだけたくさんの騎士が襲ってこようと、如何なる魔性の武器が迫ろうと、ブリュンヒルドはシグルズを守るために戦う。

姫の小さな背中から、深い覚悟をシグルズは感じた。誰よりも優しくしてくれた女性。自分を愛してくれた女性。その優しさが、愛が反転しようとしていた。

恐らく、彼女は人を殺すだろう。愛する者を守るためならば。

今の彼女にはそれができてしまう。

やらせてはいけなかった。

その優しさが反転するより悲しいことをシグルズは知らない。

かといって、騎士や民を説得する方法などありはしない。ただでさえ王城にはブリュンヒルドを敵視する勢力がいるのだ。

それでも、打開する方法がシグルズにはひとつだけ思いついた。

シグルズの眼は、ブリュンヒルドの腰のファルシオンを見つめている。

相談はしない。反対されるに決まっているし、何より時間がない。ブリュンヒルドが騎士と戦うのはもちろん、彼女が竜を守ろうとしているところすら、騎士に見られるのはまずいのだ。

シグルズは右腕を動かすと、ファルシオンを抜き去った。

ブリュンヒルドが驚いて振り向く。

『な……』

シグルズの腕は竜のそれだ。剣を掴むことはできても、うまく扱うことはできない。

だが幸運にもシグルズの胸の鱗は、落下の衝撃で砕けていた。

剣は、通る。

ファルシオンの剣先が、シグルズの胸に吸い込まれる。

心臓を貫いて、竜は死んだ。墓標のように剣が刺さっている。

ブリュンヒルドはすぐに動く。シグルズを助けようと思い、剣を抜こうとした。

騎士たちがやってきた。

「姫様！」

「ご無事ですか」

騎士たちは竜を見る。

ちょうどブリュンヒルドが、シグルズの胸から剣を引き抜くところだった。

ファルシオンを抜く妃を見て、誰かが言った。

「竜殺しだ」

その言葉がブリュンヒルドの中に残響する。

「ブリュンヒルド様が、竜を殺してくださったんだ」

口が利けたなら、すぐに否定できたかもしれない。

違う。私は殺したくなんてなかったと。

だが、呂律がまわらなかったから言えなかった。

でも、そのおかげで少しだけ考える時間があった。

ブリュンヒルドにはすぐにわかった。シグルズが自分を守るために死んだことが。

なるほど。竜殺しの英雄に仕立て上げれば、自分のことは守れるだろう。

だが、ブリュンヒルドは許せなかった。

生まれて初めて、本気でシグルズを憎悪した。

右眼を斬られた時すら抱かなかった感情だった。

何度迷惑をかけられたって良かった。

王国民と騎士、その全てを敵に回したって良かった。

竜の姿であることなんか、気にするわけがない。

生きてほしかった。

泣きたかったし、怒鳴りたかった。

けれど、彼女は夫が残してくれたものを感情に任せて捨ててしまうほど愚かではなかった。

ブリュンヒルドは竜の胸から引き抜いたファルシオンを天に掲げた。

その場にいた騎士と民に、活気が戻った。神殿に満ちていた絶望がかき消えていく。

竜のもたらした破壊の中、竜殺しの姫の勇姿は、人々の胸に希望を灯(とも)した。

少女は甘んじて、竜殺しの汚名を受け入れる。

それが、王国の人たちの光になることがわかっていた。

そしてシグルズが生きていたなら、きっとこうすることを望むだろう。

声が出ないことに感謝した。もし喋(しゃべ)れていたら夫の無実を話してしまっていたに違いない。

涙を流さないようにするのが大変だった。

この時、彼女が掲げたファルシオンは竜殺しの剣として語り継がれていくことになる。


神殿に散らばる無数の死体。

その中に、まだ息のある者がいた。

スヴェンである。

体を両断されて上半身だけになっていたが、生きていた。精霊の加護のおかげだった。

だが、じきに死ぬ。加護は加護であって、治癒ではない。

体はもう動かない。口だけはどうにか。

死ぬのを待つばかりのスヴェンの下へ、男がやってきた。

ファーヴニルだった。手には折れたグラディウスが握られている。

スヴェンはファーヴニルを見上げて、血を吐き出しながら言った。

「羨ましかったんだ」

竜を殺す女神を見た。あれは間違いなくブリュンヒルドだった。

「お前は主を死の淵(ふち)からも救うのだな」

それが羨ましい。

結局、一度も主の役に立てなかった。それどころか、忠義すら通せなかった。

結局、私は不忠の徒だ。

だが、それでもまだできることがあるとすれば。

スヴェンの目が、折れたグラディウスを見る。

「その剣で、私を殺してくれ」

そんなことをされなくても、もうじき死ぬ。だが殺されるのと自分の意思で死ぬのでは、スヴェンの中では明確な違いがあった。

もし神竜を殺せても、スヴェンは死ぬつもりだった。

主を一人で、永年王国に往かせるつもりはなかったのだ。

だから、神竜に殺されるのと自決では意味が全く違う。

自分の手が動けば自力で死んだが、もううまく力が入らない。

スヴェンを見下ろすファーヴニルは言った。

「羨ましいのは、私も同じだ」

ファーヴニルにはスヴェンの気持ちがわからない。主が死んだから後を追おうという気持ちなど。まさに主を失いかけてなお、彼の中には何の気持ちも浮かばなかったのだ。

だから、心底から主を思えるスヴェンが羨ましかった。

本当に生き延びるべきは、自分ではなくスヴェンだと思う。

人を愛し、慈しめるのだから。

ファーヴニルはしゃがみ、グラディウスをスヴェンの首にあてがう。

そこで手が止まった。慣れた処理のはずなのに。

刃を引けば死ぬ。

無駄とわかっていて、千切れた下半身に目をやった。

ワインの香りがする。

ファーヴニルは静止して、スヴェンをじっと見下ろし続けていた。

止まったファーヴニルの姿が、懸命に涙を流そうとしてくれているようにスヴェンには見えていた。

(涙を流せたって、悲しめたって、それで偉いわけじゃないのに)

けれどそれを伝えたって、ファーヴニルの救いにはならないだろう。彼にとって涙を流せること、悲しめることは何より大事なことなのだから。

スヴェンが細い息を吐いて、言う。

「もう、時間がない」

ファーヴニルが動き出す。

「お前を処理する」

欠けたグラディウスの刃を引く。

託されたグラディウスを、ファーヴニルはうまく扱うことができた。

命が尽きるのを感じた時、スヴェンは言った。

「ありがとう」

処理を終えた後、ファーヴニルは呟(つぶや)いた。

「……そのありがとうは、間違っているだろう」

亡骸(なきがら)の瞼にそっと指で触れ、閉じさせた。

終章

神竜によって多くの人々が死んだ。

だが、未曽有の竜災は神の力の片鱗を振るうブリュンヒルドによって最低限に留められた。

人々は少女を竜殺しと呼び、崇めた。

王を失った国を彼女に治めてほしいと多くの人が望んだ。

彼女はそれに応えた。

人々が二度と竜に脅かされることのない国を作るという決意のもとに。


女王の戦いは続いた。

王国にはまだ多くの竜が潜んでいたからだった。立ち並ぶ竜像がその最たる例である。

女王は竜を殺して回った。竜のせいで哀しむ人を生まないために。

奔走する彼女の胸の中には、初めて神竜に挑んだ時のシグルズの言葉がいつもあった。

王国を竜の支配から解放し、亡き夫が望んだ国を作りたかった。

奮闘は成果を結んだと言っていいだろう。

女王の治世は安泰だった。王国史でもっとも優しい時代だったと歴史家は振り返る。

女王自身も王国内の竜を全て屠ったあとは、穏やかな人生を送ることができた。

巫女だったブリュンヒルドには、新たな王家に相応しい家名が与えられる。

伝説の竜殺しにちなみ、ジークフリートと。

ジークフリート家の娘にはしばしばブリュンヒルドの名が与えられた。偉大な女王にあやかったのだ。

やがて、女王が天寿を全うする時が来た。

神の力を振るう彼女は、普通の人間より寿命が短かった。分不相応の力を振るった代償だった。

死の間際、彼女は自分の従者を呼んだ。

「あなたを看取るのに、私ほど相応しくない人間はいませんよ」

今のブリュンヒルドの周りには優しい人間がたくさんいた。彼女の人柄に惹きつけられた人たちである。そういう人間の方が彼女の最期を見届けるに相応しいとファーヴニルは考えている。

ファーヴニルは、従者として女王を支え続けてはいたが、距離を取るように心がけていた。

ブリュンヒルドを失いかけてなお、何も感じないと知った日から。

ファーヴニルは部屋を出て、別の従者を呼びに行こうとした。だが、女王が止めた。

「そばにいて」

無視して人を呼ぶべきと思った。だが、ともすればこれは女王の最後の願いかもしれない。

ならば、ファーヴニルに振り払うことはできなかった。

ファーヴニルは寝台に横たわっているブリュンヒルドの下へ戻った。

「私はあなたの死を悲しむことも涙を流すこともできませんよ」

そして、告白した。

「あなたを好きにはなれなかった」

最期だから伝えた。ブリュンヒルドを失望させたくなかったから言わなかったことだ。彼女が自分にたくさんの好意を向けてくれていたことは知っている。その全てが徒労だったと知らせたくなかったのだ。

それでブリュンヒルドは気付いた。

「私を、恨んでいるでしょうね」

幼いブリュンヒルドが発した無邪気な言葉。

『私を好きになったらいいよ。そうしたら寂しくなくなるわ』

子供の戯言に過ぎない。だが、それがずっとファーヴニルを呪いのように縛っていた。

ブリュンヒルドには簡単にできることが、ファーヴニルにはできない。幼い自分は、そんな簡単なことがわからなかった。

ブリュンヒルドは涙を流し、謝った。

「ごめんなさい」

ファーヴニルは瞳を潤ませることすらせずに答える。

「ブリュンヒルド様が謝られることなど何も」

「だって、私の言葉のせいで、あなたは思い悩んだでしょう」

ファーヴニルは思い出す。

竜災の日。死に瀕したブリュンヒルドを前にしたときに感じたもの。

「ええ。随分と思い悩みました。絶望も失望もしました」

しかし、とファーヴニルは繋げた。

「あなたの言葉がなければ、夢を追うこともしなかった」

雨に打たれて、捨てられていたゴミが見るには温かすぎる夢だった。

「だから、あなたに会えてよかった」

砕けた夢。けれど継ぎ接ぎだらけでまだここにある。

「私こそあなたに会えていなければ……」

心からの感謝だ。無力な小娘が無謀な夢を抱き続けられたのは、支えてくれる人がいたからなのだ。

けれど、やはりこの感謝もファーヴニルには届かない。彼は自分がゴミだとしか思っていないから。ブリュンヒルドの感謝は筋違いだと思っているに違いない。言葉を尽くして筋違いなどではないと伝えたかったが、ブリュンヒルドにはもうそれだけの時間は残されていなかったから諦めるほかなかった。

最後にどうしても知りたいことを聞くことにした。

「ファーヴニル。あなたが追っていたのは、どんな夢なの」

ファーヴニルは、恥ずかしがるような沈黙ののちに答えた。

「楽園」

娘を見下ろす白銀の髪が揺れる。

「楽園の生き物。皆が互いを愛し、慈しめる。争いはおろか、憎しみもない。そんな楽園を築くことが幼い私の夢でした」

自分に心がないと気付いた時に断念した夢である。

それを叶えるには、人を好きになる必要があったから。

男の湛える白銀の長い前髪。その間から覗く青い瞳がブリュンヒルドを見つめている。綺麗な色だとブリュンヒルドは思った。どこまでも広がる海のように娘には見えた。

「その夢、もっと早く聞かせてもらいたかった」

「私には語る資格もありませんので」

何より、似合わない。だから言わなかった。

ブリュンヒルドが遠い目をした。もう間もなく死ぬことがファーヴニルにはわかった。

彼女の瞳は、ここではないどこかを見つめているようにも見える。

「私も行きたいわ。あなたの楽園に」

死人の妄言だ。だが、付き合うことにした。これが主の最期なのだから。

「歓迎いたしますよ、我が……」

我が主、と従者は呼ぼうとした。しかし躊躇った。彼は別の存在を主と呼んでしまっていたから。だから、別の言い回しをした。

——我が君。

男は娘をそう呼んだ。

「会いに行くわ。必ず」

沈黙が降りてきた。

「もし、再び会えることがあるのなら」

――今度こそ、あなたを好きになります。

そう言おうとしたが止めた。

ブリュンヒルドがこと切れていたからだ。

その死に顔をファーヴニルはじっと見下ろしている。

――これが死人の顔か。

暗部を生きてきた彼は多くの死体を見てきた、だが今、目の前にある死体の顔はそのどれとも違っている。

まるで明日になれば目覚めてまた会えるかのような、安らかな顔だった。

娘が死んでも、やはり男の目には涙の一筋も流れなかった。

だが、今だけはそれでいいのだろう。

かくも穏やかな寝顔を前にしては、心に欠落がなくとも悲しみなど感じない。

もし誰かの死に涙を流せないことを負い目に感じないように、この娘がそうしたのであれば。

（やはり理解しがたいほどの善人だ）

ファーヴニルは直ちに、事後処理を開始した。心乱されることすらなく。

優先的に処理すべきは、神の力だ。

竜殺しの力は、もう不要だ。王国の竜は、ブリュンヒルドが生涯をかけて全滅させたのだ。

ならば、神の力は二度と人目につかぬように葬り去るべきだろう。力は争いの火種になる。

そうしようかと思った。

だが、やめた。

ブリュンヒルドが遺した最後の優しさのように思えたからである。

未来。

万一、王国が竜に襲われる事態になった時にその優しさは必要になる。

竜に抗う力として、人を守る力として、平和のための力として、未来を拓く力として。

女王の一番の願いは、竜による犠牲者をもう二度と出さないこと。

ファーヴニルは神の力をブリュンヒルドの後継者にだけに託すことを決めた。

（ならば、名をつけなくてはならないか）

名は、すぐに思いついた。彼は歴史や伝説に詳しい。


バルムンク。竜殺しの剣にちなんでいる。


人々を竜から守ってほしいという女王の願いを汲んで名付けた。

女王が死んでからほどなくして、従者も死んだ。

それから長い歳月が過ぎたが、王国が竜に脅かされることは二度となかった。

女王の祈りが届いたのかもしれなかった。

バルムンクは次第に人々の記憶から姿を消していく。

ジークフリート家だけが秘伝として連綿とバルムンクの記憶を受け継いでいた。

――遥かな時が流れ。

王国が帝国となった時。

バルムンクは再び、陽の目を浴びることとなる。

だが、それは竜から人を守るためではなかった。

――竜から島の宝物を奪う兵器として。

あとがき

物語を書く時は、出し惜しみをしないようにしています。

登場人物の生き様なり人生なりを書き切る。続きをお楽しみにとはしません。続きが書けないくらいの全力投球で書き切ります。それが物語への、そして読んでくださる方への私なりの礼儀です。

『竜殺しのブリュンヒルド』が続くと聞いた時、多くの人がこう危惧したと思います。

——蛇足になるのでは？

その点はご安心ください。竜殺しを冠したブリュンヒルドのお話はあれで終わりです。本当を言うと、作者としては結末を変えたり、救われる続きを書きたい気持ちはあります。けれど、それは望まれていない。読者の方々もそうですが、何よりブリュンヒルド自身が拒絶する。彼女の物語を変えることは、彼女の生き様、そして人生の否定と同じです。

ただ特典で書いたSSについては許してください。読者の皆様の応援のおかげで、ブリュンヒルドは五本のSSを書く機会に恵まれましたが、書いたSSのうち四本がIFストーリーで救いのある内容なのです。でも、SSはSS。本編ではないので何卒（なにとぞ）ご容赦を。

お話を戻します。

竜殺しであるブリュンヒルドについては書き切りました。けれど、彼女がいた世界観についてはまだ書けることが残っていると私は感じました。私は存外、ブリュンヒルドの世界観を気に入っているようです。

　でも、とても苦戦しました。

　何を書いても『竜殺し』を超えられないと感じてしまったんです。『竜殺し』は十日で書き上げたのですが『竜の姫』を書くのには一年以上かかりました。たくさんの物語が生まれては、私にボツにされていきました（その中には、実はブリュンヒルドが地獄巡りをして現世に帰る話もあったことは私とあなただけの秘密です。ついさっき、続きは書かないと格好いいことを言っていたのにね。作者という生き物はなまじ変える力を持っているばかりに、過ち（あやま）とわかっているのに愚かなことをする時があるのです）。

　この『竜の姫』も、ボツにする寸前でした。当時の私には、自分の書く何もかもがつまらないものに見えていたんです。

　ですが、担当編集さんが『竜の姫』の初稿を読んで、こう言ってくれました。

「この物語は、本にする価値がある」

　その一言を信じてみようと思いました。そして、信じてよかったと思います。当時は不安があったけど、ブラッシュアップを進めた今は私も同じことを思えています。

　おそらく本作は初めて本当の意味で、編集さんと二人三脚で作ったお話なのだと思います。なので、本心故にお世辞にさえ聞こえる月並みな言葉で締めさせていただきます。

　この本を書くにあたって、協力してくださった担当編集さんに感謝を。

◉東崎惟子著作リスト

「竜殺しのブリュンヒルド」（電撃文庫）
「竜の姫ブリュンヒルド」（同）

本書に対するご意見、ご感想をお寄せください。

ファンレターあて先
〒 102-8177　東京都千代田区富士見 2-13-3
電撃文庫編集部
「東崎惟子先生」係
「あおあそ先生」係

本書は書き下ろしです。

電撃文庫

竜(りゅう)の姫(ひめ)ブリュンヒルド

東崎惟子(あがりざきゆいこ)

2022年11月10日　初版発行

発行者　山下直久
発行　株式会社KADOKAWA
〒102-8177　東京都千代田区富士見2-13-3
0570-002-301（ナビダイヤル）
装丁者　荻窪裕司（META＋MANIERA）
印刷　株式会社暁印刷
製本　株式会社暁印刷

●お問い合わせ
https://www.kadokawa.co.jp/（「お問い合わせ」へお進みください）
※内容によっては、お答えできない場合があります。
※サポートは日本国内のみとさせていただきます。
※ Japanese text only

※定価はカバーに表示してあります。

ISBN978-4-04-914679-0　C0193　Printed in Japan

電撃文庫創刊に際して

文庫は、我が国にとどまらず、世界の書籍の流れのなかで〝小さな巨人〟としての地位を築いてきた。古今東西の名著を、廉価で手に入りやすい形で提供してきたからこそ、人は文庫を自分の師として、また青春の想い出として、語りついできたのである。

その源を、文化的にはドイツのレクラム文庫に求めるにせよ、規模の上でイギリスのペンギンブックスに求めるにせよ、いま文庫は知識人の層の多様化に従って、ますますその意義を大きくしていると言ってよい。

文庫出版の意味するものは、激動の現代のみならず将来にわたって、大きくなることはあっても、小さくなることはないだろう。

「電撃文庫」は、そのように多様化した対象に応え、歴史に耐えうる作品を収録するのはもちろん、新しい世紀を迎えるにあたって、既成の枠をこえる新鮮で強烈なアイ・オープナーたりたい。

その特異さ故に、この存在は、かつて文庫がはじめて出版世界に登場したときと、同じ戸惑いを読書人に与えるかもしれない。

しかし、〈Changing Times,Changing Publishing〉時代は変わって、出版も変わる。時を重ねるなかで、精神の糧として、心の一隅を占めるものとして、次なる文化の担い手の若者たちに確かな評価を得られると信じて、ここに「電撃文庫」を出版する。

1993年6月10日
角川歴彦

電撃文庫DIGEST　11月の新刊

発売日2022年11月10日

デモンズ・クレスト1
新作　現実∽侵食

著／川原 礫　イラスト／堀口悠紀子

「お兄ちゃん、ここは現実だよ！」

ユウマは、VRMMORPG《アクチュアル・マジック》のプレイ中、ゲームと現実が融合した《新世界》に足を踏み入れ……。川原礫最新作は、MR（複合現実）&デスゲーム！

続・魔法科高校の劣等生 メイジアン・カンパニー⑤

著／佐島 勤　イラスト／石田可奈

USNAのシャスタ山から出土した『導師の石板』と『コンパス』。この二つの道具はともに、古代の高度魔法文明国シャンバラへの道を示すものではないかと考える達也は、インド・ペルシア連邦へと向かうのだが——。

呪われて、純愛。2

著／二丸修一　イラスト／ハナモト

よみがえった記憶はまるで呪いのように廻を蝕んでいた。白雪と魔子の狭間で惑う廻は、幸福を感じるたびに苦しみ、誠実であろうとするほど泥沼に堕ちていく。三人全員純愛。その果てに三人が選んだ道とは——。

姫騎士様のヒモ3

著／白金 透　イラスト／マシマサキ

ついに発生した魔物の大量発生——スタンピード。迷宮内に取り残されてしまった姫騎士アルウィンを救うため、マシューは覚悟を決め迷宮深部へと潜る。立ちはだかる危機の数々に、最弱のヒモはどう立ち向かう！？

竜の姫ブリュンヒルド

著／東崎惟子　イラスト／あおあそ

第28回電撃小説大賞《銀賞》受賞『竜殺しのブリュンヒルド』第二部開幕！　物語は遡ること700年……人を愛し、竜を愛した巫女がいた。人々は彼女をこう呼んだ。時に蔑み、時に畏れ——あれは「竜の姫」と。

ミミクリー・ガールズⅡ

著／ひたき　イラスト／あさなや

狙われた札幌五輪。極東での作戦活動を命じられたクリスティたち。首脳会談に臨むが、出てきたのはカグヤという名の少女で……。

妹はカノジョにできないのに 3

著／鏡 遊　イラスト／三九呂

「妹を卒業してカノジョになる」宣言のあとも雪季は可愛い妹のままで、晶穂もマイペース。透子が居候したり、元カノ（？）に遭遇したり、日常を過ごす春太。が、クリスマスに三角関係を揺るがすハプニングが!?

飛び降りる直前の同級生に『×××しよう!』と提案してみた。2

著／赤月ヤモリ　イラスト／kr木

胡桃のイジメ問題を解決し、正式に恋人となった二人は修学旅行へ！　遊園地や寺社仏閣に、珍しくテンションを上げる胡桃。だが、彼女には京都で会わなければいけない人がいるようで……。

サマナーズウォー／召喚士大戦1　喚び出されしもの
新作

著／榊 一郎　イラスト／toi8
原案／Com2uS　企画／Toei Animation/Com2uS
執筆協力／木尾寿久(Elephante Ltd.)

二度も町を襲った父・オウマを追って、召喚士の少年ユウゴの冒険の旅が始まる。共に進むのはオウマに見捨てられた召喚士の少女リゼルと、お目付け役のモーガン。そして彼らは、王都で狡猾な召喚士と相まみえる——。

ゲーム・オブ・ヴァンパイア
新作

著／岩田洋季　イラスト／8イチビ8

吸血鬼駆逐を目的とした機関に所属する汐瀬命は、事件捜査のため天霧学園へと潜入する。学園に潜む吸血鬼候補として、見出したのは４人の美少女たち。そんな中、学園内で新たな吸血鬼の被害者が出てしまい——。

私のことも、好きって言ってよ! ～宇宙最強の皇女に求婚された僕が、世界を救うために二股をかける話～
新作

著／午鳥志季　イラスト／そふら

宇宙を統べる最強の皇女・アイヴィスに"一目惚れ"された高校生・進藤悠人。地球のためアイヴィスと付き合うことを要請される悠人だったが、悠人には付き合い始めたばかりの彼女がいた！　悠人の決断は——？